DZIECKO KAŻDEGO

Cathy McGough

Stratford Living Publishing

CO MÓWIĄ CZYTELNICY...

Z USA:

"Cathy McGough's Dziecko Każdego to thriller psychologiczny, który sprawi, że będziesz się zastanawiać aż do zaskakującego końca".

"Wow, zdecydowanie nie spodziewałem się i nie mogłem przewidzieć zakończenia tej historii".

"Dobrze skonstruowana, napędzana fabułą historia".

"Było tak wiele zwrotów akcji i właśnie wtedy, gdy wszystko było już jasne, dywan został wyciągnięty spod ciebie."

"Byłem oszołomiony w połowie książki, co sprawiło, że naprawdę myślałem WTH?".

Z WIELKIEJ BRYTANII:

"Historia, która jest tak ściśle napisana, że ma siłę przebicia".

"Myślałam, że wszystko już wiem, ale bardzo się myliłam".

"Przyjemna lektura z kilkoma zaskakującymi zwrotami akcji".

Z CA:
"Uważam, że fabuła była intrygująca i z przyjemnością przeczytałem książkę do końca."

"Łatwa lektura, szybkie tempo i ciekawe założenie."

Z IN:
"Dobrze napisany, przyjemny thriller".

Spis treści

Dla dzieci.

POEMAT

PAPIEROWA LALKA

Papierowa lalka jest zaplątana w wir wiatru
Pozbawiona emocji wiruje i kręci się
Wokół i wokół, piruety jak baletnica
Wracając do życiowych porażek i żalów.

Gorączkowo próbuje uciec z jego szponów
W jej uszach wiatr szepcze gwałt.
Papierowa lalka jest rozdarta od kończyny do kończyny
Zwykłe wspomnienie tego, co mogło być.

Nie czuje bólu, bo jest tylko dzieckiem
Ona nic nie czuje.

Usłysz płacz dzieci, gdy rzucają się i obracają
W marzeniach ich snu
Chroń je od whoirlwinds życia.

Biegnijcie, dzieci, biegnijcie,
Nie ma łańcuchów, które wiązałyby was dłużej.
Chroń je przed whoirlwinds życia.

ROZDZIAŁ 1

BENJAMIN

Siedemnastoletni Benjamin był sumiennym pracownikiem. Zwłaszcza, że rzucił szkołę średnią. Dwa razy dziennie, sześć dni w tygodniu odwiedzał bank. Rano po gotówkę. Po południu, by zdeponować dzienny utarg. Spacer tam i z powrotem był spokojny: aż do tego szczególnego poranka.

Jego uwagę przykuła kobieta. Stąpając na wysokich obcasach, wyróżniała się niczym manekin na plaży. Złote metki na jej torebce i okularach przeciwsłonecznych odbijały światło, powodując, że odbijało się i poruszało jak świetliki. Przez ramię czarnej sukienki bez rękawów przewieszony był czerwony szal.

Benjamin podążył wzrokiem za jego biegiem, aż dotarł do końca wyciągniętej ręki kobiety. Była do niej przywiązana mała dziewczynka, która starała się nadążyć. Ramię dziecka, może siedmioletniego, również sięgało do tyłu. Przyczepiona była do niej rzecz: gigantyczna lalka naturalnej wielkości. Zrobił podwójne spojrzenie, ponieważ twarz lalki i twarz dziecka były identyczne. Potem zauważył, że wyciągnięta ręka lalki również sięgała do tyłu - do niczego i do nikogo. Zgarbione nogi i buty tej istoty szurały po chodniku, ciągnąc za sobą tyły.

Zaciekawiony, podążył za dziwnym trio, gdy skręcili za róg w drodze na promenadę nad jeziorem Ontario.

Kobieta zatrzymała się, szarpnęła niechętnie podążającego za nią mężczyznę za ramię, po czym przyspieszyła. Mała potknęła się i upadła na ziemię, nie puszczając ręki lalki. Poderwała się na nogi tylko po to, by otrzymać uderzenie w policzek. Uderzenie, którego dźwięk sprawił, że się skrzywił, ponieważ zdawał się rozbrzmiewać.

Kobieta szła szybko, gdy pisk dziecka zamienił się we wrzask. Odchyliła się do tyłu, szepcząc do ucha dziecka: w rezultacie ciche łzy.

Kładąc palec na szybkim wybieraniu 911, ocenił sytuację. Gdyby był dorosłym mężczyzną, dałby jej za co. Zamiast tego kontynuował obserwację. Obserwował. Zastanawiał się, co to za pośpiech.

Lalka podskakująca z tyłu z szczerbatym uśmiechem przyprawiała go o dreszcze, więc przeszedł na drugą stronę drogi. Kontynuował obserwację dziwnego trio. Zwłaszcza jak czerwony szal kobiety kontrastował z jej kruczoczarnymi włosami i sukienką. Wydawała się nie na miejscu, jakby była w drodze na sesję zdjęciową do magazynu z dwójką dzieci.

Chwileczkę. Ten typ lalki wydawał się znajomy. Jego szef, Abe, czasami zamawiał podobne lalki w swoim sklepie. Zwykle w miesiącach poprzedzających Boże Narodzenie.

Lalki były projektowane i wysyłane z Europy. Każde zamówienie wymagało zdjęcia dziecka. Miało to na celu odwzorowanie karnacji, włosów i koloru oczu. Szczegóły takie jak wzrost, waga i rozmiar buta były zapisywane na odwrocie zdjęcia.

Wtedy zauważył, dlaczego mała dziewczynka walczy. Na nogach miała błyszczące sandały, takie z paskiem wokół kostki. Sandały były ładne, ale nie nadawały się do szybkiego chodzenia. Dla jej bliźniaczki sandały nie stanowiły problemu, ponieważ lalka była ciągnięta po chodniku.

Gdy dotarli do pierwszej ławki w parku, kobieta już się uspokoiła. Roześmiała się, gdy pomogła małej zdjąć plecak. Następnie upewniła się, że siedzi wygodnie, zanim zajęła się lalką. Zgięła jej nogi i podparła ją w pozycji siedzącej.

Podszedł bliżej, robiąc zdjęcia nabrzeża, aż jego telefon zawibrował. To był Abe, sprawdzający, co u niego.

"Gdzie jesteś?" napisał Abe. Abe był szefem i właścicielem Benjamina. Abe trzymał się rutyny.

"Lineup, B z powrotem jak najszybciej", napisał chłopak.

Abe odpowiedział emoji z kciukiem w górę.

Kobieta uklękła, więc znalazła się oko w oko z dzieckiem.

Nastolatek wykonał pełne panoramiczne zdjęcie panoramy jeziora Ontario od CN Tower do Burlington.

"Kochanie, zapomniałam portfela", poklepała dziecko po ręce. "Zaraz wrócę, obiecuję".

Dziecko milczało, bawiąc się sandałkami.

"Bolą cię stopy, kochanie? Przepraszam, że musieliśmy się spieszyć. Możesz tu odpocząć, a zanim po ciebie wrócę, wszystko będzie w porządku. Poczekaj tutaj, dobrze?

Dziecko skinęło głową i opuściło nogi. Nie mogąc dotknąć ziemi, trzymała się nieruchomo.

"Kiedy mnie nie będzie, nie ruszaj się z tej ławki. Rozejrzała się dookoła. "I nie rozmawiaj z nikim. Pamiętaj, mamy tajne słowo. Wiesz, co to jest? Cicho, nie mów mi. Pamiętasz je, tak?

"A jeśli będę musiała", szepnęło dziecko, "zrobić siusiu?".

"Poczekaj, aż wrócę. To nie potrwa długo. Im szybciej pójdę, tym szybciej wrócę. Wstała i wyprostowała plecy.

Maluch chwycił ją za ramię: "Nie zapomnisz o mnie, prawda mamusiu? Tak jak ostatnio?"

Kobieta westchnęła i wyszeptała.

"Kochanie." Poklepała córkę po ręce. "Dziewięćdziesiąt dziewięć razy odbierałam cię ze szkoły na czas, a ty zawsze pamiętasz, że raz się spóźniłam. Wzięła głęboki oddech i cofnęła się.

"Przepraszam, mamusiu.

Nastolatek usiadł na pobliskiej ławce, przeglądając zrobione przez siebie zdjęcia. Spojrzał w górę, gdy kobieta się odwróciła. Jej wyraz twarzy wydawał się teraz bardziej dziecinny, z podbródkiem wysuniętym do przodu.

"Tym razem znam drogę do domu - powiedziała jej córka z uśmiechem.

Kobieta odchrząknęła, odwróciła się i przytuliła córkę. "Muszę już iść, kochanie.

"Nie jestem dzieckiem.

"Wiem, że nie jesteś. Zaczekaj tu na mnie. Wrócę. Skrzyżuj moje serce". Naśladowała krzyżowanie serc, a potem odeszła.

"Do zobaczenia wkrótce, mamusiu - powiedziało dziecko. Wyciągnęła szyję, obserwując rosnącą przepaść między nią a matką.

Nastolatka patrzyła na to ze łzami w oczach. W końcu była dobrą matką, albo lepszą niż myślał.

Matka odwróciła się i pocałowała swoją małą dziewczynkę, po czym kontynuowała spacer.

Jego telefon znów zawibrował. Abe. Musiał dostać się do banku.

Dziecko rozpięło plecak, wyciągnęło książkę i zaczęło czytać. Przez minutę lub dwie obserwował ją. To było urocze, jak poruszała ustami, by wymówić słowa.

Sprawdził zegarek. Pewny, że matka wróci zgodnie z obietnicą, poszedł do banku.

To był jedyny sposób, by powstrzymać Abe'a przed przyjściem go szukać. Gdyby Abe musiał wyjść ze sklepu, żeby go szukać...

Nie chciał o tym myśleć.

ROZDZIAŁ 2

JENNIFER WALKER

Kiedy Jennifer była już kilka metrów dalej, spojrzała z powrotem na swoją córkę, która pozostała na ławce zgodnie z instrukcjami. Nienawidziła zostawiać jej tam samej, ale jaki miała wybór po tym, co zrobiła? Otworzyła aparat w telefonie i zrobiła córce zdjęcie. Zdjęcie przedstawiało jej małą córeczkę otoczoną błękitnym niebem i jeszcze bardziej błękitną wodą jeziora Ontario. Ponieważ jej córka nie chciała się ruszyć, odwróciła się w kierunku, z którego przyszli.

Kiedy wracała, pomyślała o swoim partnerze Marku Wheelerze. Spotykała się z nim od jakiegoś czasu, choć wiedziała, że jest już żonaty.

W większości przypadków, przynajmniej gdy wychodzili publicznie lub gdy jej córka była w pobliżu, był miły i delikatny.

Ale kiedy byli sami z seksem w menu, miał inne oblicze. To prawda, czasami lubiła niewolę, a nawet małe erotyczne klapsy. Jednak erotyczne uduszenie posunęło się za daleko. Uczucie schodzenia pod wodę, w dół, w dół, w dół. Zdyszany oddech, którego już nigdy nie znajdzie, był tym, co ją przerażało. Więc tym razem postawiła na swoim i odmówiła. Mark poszedł i zrobił to sobie, podczas gdy ona poszła wziąć prysznic. Kiedy wróciła, on już nie żył. Była zbyt przerażona, by nawet zdjąć plastikową torbę z jego głowy. Zamiast tego poszła do pokoju córki i spędziła tam noc, a z samego rana opuścili dom.

Zadzwonił jej telefon, to w końcu był on. "Musisz mi pomóc", powiedziała. "Nie mam gdzie się zwrócić".

"Czy to Mark?" zapytał jej przyjaciel, również kierowca Marka, Poncho.

Szlochała. "Tak."

"Dobrze, zaraz tam będę. Jestem jakieś piętnaście minut stąd. Trzymaj się."

Aby odwrócić swoją uwagę, przypomniała sobie Katie jako noworodka, gdy po raz pierwszy wzięła ją na ręce. Jej córka była najmniejszym, najdelikatniejszym i najpiękniejszym aniołkiem, jakiego kiedykolwiek widziała. Dorastała tak szybko. Jennifer nienawidziła zostawiać córki samej na nabrzeżu, ale musieli pozbyć się ciała. Zwłaszcza biorąc pod uwagę powiązania Marka ze społecznością i światem narkotykowym. Nawet gdyby powiedziała im prawdę, nigdy by jej nie uwierzyli. Ojciec Marka miał mnóstwo pieniędzy, a ona nie mogła ryzykować pójścia do więzienia. Co stałoby się z jej dzieckiem?

Roześmiała się, myśląc o tym, ile razy oskarżała swoją matkę o robienie głupich rzeczy dla mężczyzn, którzy nie byli tego warci. Spojrzała w niebo: "Mamo, przepraszam, ale to, co zrobiłam, jest nagrodą".

Historia zawsze się powtarzała. Świadomość tego nie sprawiała, że czuła się lepiej.

Przestań się obwiniać, głupia, pomyślała. Wróci po Katie, zanim się obejrzy. Poza tym w plecaku jej córka miała książkę. Lalka, którą nazwali Katie Junior, podczas gdy jej córka próbowała wymyślić, jak ją nazwać, przyprawiała ją o dreszcze. Dał ją jej. Kupi jej inną lalkę, a tę wyrzuci do kosza.

Będąc już prawie w domu, Jennifer zauważyła białą furgonetkę czekającą na podjeździe. Poncho wciągnął samochód do garażu, a ona go zamknęła. Weszła przez frontowe drzwi i wpuściła Poncho, mając nadzieję, że jej wścibski sąsiad z naprzeciwka jest zajęty.

ROZDZIAŁ 3

KATIE

P O DWUKROTNYM PRZECZYTANIU KSIĄŻKI swojej lalce, Katie odłożyła ją na bok. Obserwowała mewy, które wzlatywały w górę, a potem szybko opadały, wbijając dzioby w wodę. Czasami wyskakiwały z powrotem, niosąc w dziobie małą rybkę. Oklaskiwała, gdy tak się działo. Niejednokrotnie ludzie przechodzący obok zatrzymywali się, by zobaczyć, na co klaszcze i dołączali do niej. Katie czuła się mniej samotna, gdy to się działo.

"Jest taka słodka" - powiedziała do niej młoda para. Ponieważ byli nieznajomymi, nic nie odpowiedziała, tylko dalej obserwowała mewy.

Czas mijał, a słońce stopniowo przesuwało się po niebie i zatrzymał się policjant. "Czy wszystko w porządku?"

"Nie rozmawiaj z nieznajomymi", powiedział głos jej matki w jej głowie. Był jednak policjantem. Był kimś, komu można było zaufać w trudnych chwilach. "Czekam na mamę. Zaraz wróci."

Policjant chyba jej uwierzył, bo uchylił kapelusza i poszedł dalej.

"Dziękuję", powiedziała, mając nadzieję, że zobaczy swoją matkę idącą w jej kierunku. Zamknęła oczy i otworzyła je ponownie, mając nadzieję na inny rezultat. Nic z tego.

Katie rozpłaszczyła czerwoną sukienkę z przodu. Uniosła nieco rękaw w miejscu, gdzie gumka uciskała ją i zostawiała ślad. Kołysała się do przodu i do tyłu. Sam ruch spowodował, że kostki jej sandałów zacisnęły się, więc przestała poruszać nogami.

Zeszłej nocy Mark i mama położyli ją do łóżka. Wtedy usłyszała hałasy. Kiedy były głośne - krzyczały - były przerażające, ale nie na tyle, by nie mogła zasnąć.

Jej mama zawsze mówiła: "Katie, mogłabyś przespać tornado". To ją rozśmieszało.

Kiedy rano wyszli z domu, mama powiedziała, że Mark śpi. Dlatego musieli się szybko ubrać i wyjść z domu.

Kiedy zasłony przesunęły się na drugą stronę ulicy, Katie powiedziała: "Znowu patrzy, mamusiu".

"Nie przejmuj się tym wścibskim starym nietoperzem" - powiedziała jej matka, ciągnąc córkę za sobą wraz z lalką idącą z tyłu.

Mark nie był prawdziwym ojcem Katie, ale często do niej przychodził. Czasami kupował jej różne rzeczy, na przykład lalkę. Kiedy był w pobliżu, jej matka na początku była szczęśliwa. Potem odchodził, a jej matka mówiła, że nigdy nie wróci. Ale on zawsze wracał.

Dziewczynka żyła w ciągłym zamieszaniu. Mężczyźni przychodzili i odchodzili. Mimo to kochała lalkę, która była jej bliźniaczką.

Problem polegał na tym, jak ją nazwać. Nie mogła nazwać jej Katie Two, ponieważ bliźniaczki nie mają tego samego imienia. Mimo że miała ją już od jakiegoś czasu, lalka wciąż pozostawała bezimienna.

Przez większość czasu dziecko nie tęskniło za ojcem. Dzieci rzadko tęsknią za czymś, czego nigdy nie miały. Dopóki społeczeństwo im o tym nie przypomni - na przykład podczas szkolnego obiadu z okazji Dnia Ojca.

"Czy będziesz moim tatą na szkolnym obiedzie z okazji Dnia Ojca?" Katie zapytała Marka.

"Z przyjemnością, kochanie" - odpowiedział.

"Ale Mark jest zajętym człowiekiem" - powiedziała jej matka.

Kiedy nadszedł Dzień Ojca, Katie była jedynym dzieckiem bez ojca. Inne dzieci bez ojców przyprowadziły dziadków, braci lub wujków. Katie, która nie miała żadnego z nich, była jeszcze bardziej zrozpaczona.

Kiedy Katie rozpłakała się przy stole, jej matka zadzwoniła do dyrektora. Zażądała, by szkoła całkowicie zakazała organizacji Dnia Ojca.

Katie nie chciała, by odwołano je dla wszystkich. Chciała tylko integracji. Obecność Marka sprawiłaby, że wszystko byłoby w porządku dla wszystkich.

W pobliżu przeleciała mewa. Ptak zrobił kupę w połowie klapy, zostawiając za sobą pamiątkę. Rozprysnął się na sukienkach dziecka i lalki. Katie najpierw otarła łzy z oczu. Potem zrobiła to samo z lalką.

Chciała, żeby jej matka szybko wróciła.

ROZDZIAŁ 4

BENJAMIN

BYŁO JUŻ PÓŹNE POPOŁUDNIE i Benjamin zmierzał do banku. Spojrzał w kierunku nabrzeża: dziecko wciąż tam było! Miał rację w swoim początkowym przeczuciu - jej matka była haniebnym rodzicem. Pozostawienie małej dziewczynki samej na nabrzeżu przez cały dzień było porzuceniem.

Pospieszył do banku. Musiał pozbyć się dziennego utargu przed zamknięciem banku. Zamiast ryzykować czekanie, zdeponował gotówkę w maszynie, a następnie wrócił, by sprawdzić, co z małą dziewczynką.

Abe wysłał mu już dwa SMS-y z pytaniem, gdzie jesteś?

Na początku myślał, że to ekscytujące wprowadzać Abe'a w technologię, ale teraz był to wrzód na tyłku. Nie żeby Abe nie ufał Benjaminowi. W rzeczywistości mężczyzna i jego żona byli prawnymi opiekunami Benjamina. Chociaż Abe działał w biznesie, sprzedając towary ludziom, nie był człowiekiem.

"Potrzebuję 2 t/c czegoś pierwszego", odpowiedział nastolatek.

"Okie, dokie," odpowiedział Abe. "Muszę wezwać żonę z kuchni do pomocy!"

Chichotał przed wysłaniem odpowiedniego emoji, gdy wracał, by sprawdzić, co z małą dziewczynką.

ROZDZIAŁ 5

KATIE

KATIE POZOSTAŁA NA ŁAWCE w parku. Na horyzoncie widziała zachodzące słońce. Robiło się późno. Matka znów o niej zapomniała. Dziecko musiało oddać mocz i rozważało powrót do domu. Znała drogę, ale nie miała klucza. Żałowała, że nie założyła swoich butów do biegania albo mniej obcierających sandałów.

Nie chciała być na zewnątrz, gdy zapadnie zmrok. Nawet teraz wyobrażała sobie cienie formujące się wokół niej, tworzone przez odbicia chmur. Kiedy zawył kruk, podskoczyła i zadrżała. Biedronka wpełzła po jej nodze na sukienkę. Podniosła ją do palca i pozwoliła jej iść w górę ramienia, aż zostawiła żółtą smugę.

"W porządku", szepnęła do owada, "każdy sika". Odłożyła pięknego czerwonego robaka na ławkę i odleciał.

Jej żołądek burczał, a ona grzebała w torbie i wyciągnęła roztopiony mini-Kit-Kat. Smakował tak dobrze, ale z pewnością żałowała, że nie był mini i miała nadzieję, że jej mama wkrótce wróci.

Dziecko udawało, że karmi lalkę, po czym wróciło do czytania.

Czytała książkę tak wiele razy, że jej umysł powrócił do wcześniejszego dnia, kiedy jej matka powiedziała jej, że nie pójdzie dziś do szkoły.

"Dlaczego?" zapytała. "Chcę iść do szkoły".

"Dzisiaj pójdziemy na nabrzeże. Będziemy obserwować ptaki, słuchać fal, a później pójdziemy do kawiarni na dziecięce chinosy".

"Nie jestem już dzieckiem - zaprotestowała Katie.

"Wiem, że nie jesteś, ale czy nadal nie kochasz dziecięcych chinosów?

Dziewczynka wysunęła podbródek, myśląc o Baby Chinos. Była już dużą dziewczynką i kiedy jej mama przyszła ją odebrać, zamówiła bardzo duży truskawkowy koktajl mleczny.

"To będzie taka zabawa!" głos matki odbijał się echem w jej uszach.

"Taka zabawa" - powtórzyło dziecko. Potem jej umysł zawędrował: "Czy mogę ją przyprowadzić?" zapytała Katie. Odnosiło się to do jej lalki.

"Tak, możesz, pod warunkiem, że będziesz ją nosić przez całą drogę tam i z powrotem. I pamiętaj, że będziesz miała też na sobie plecak".

"Dobrze mamusiu, będę". Katie przełożyła ręce przez paski plecaka i owinęła je wokół talii lalki.

Nad nią grupa kanadyjskich gęsi w kształcie litery V trąbiła na niebie. Zauważyła, że słońce zaszło nieco bardziej. Zadrżała i wzięła lalkę za rękę, gdy rozległy się kroki. Należały do osoby, która, gdy ją zobaczyła, zdała sobie sprawę, że nie jest chłopcem ani mężczyzną - był gdzieś pomiędzy.

Objęła się ramionami. Słońce chyliło się ku zachodowi, a ona żałowała, że nie ma swetra lub płaszcza. Zauważyła, że chłopak/mężczyzna nie miał ani jednego, ani drugiego. Jego czarna koszulka miała z przodu kamień, a pod nim napis ZOOM! Przypomniał jej program telewizyjny o tej samej nazwie. Chłopiec/mężczyzna miał złocistą opaleniznę na twarzy i ramionach. Nosił czarne dżinsy i buty do biegania.

Zbliżała się ciemność i chciała, aby jej matka wróciła i zabrała ją do domu. Do tego czasu pragnęła, aby chłopak/mężczyzna coś do niej powiedział, cokolwiek.

Mimo że nie powinna rozmawiać z nieznajomymi, dźwięk czyjegoś głosu, gdy czuła się tak dobrze, mógłby ją pocieszyć. Chociaż chłopakowi/mężczyźnie najprawdopodobniej powiedziano to samo - nie rozmawiaj z nieznajomymi.

Inną rzeczą było to, że gdyby się do niej odezwał, prawdopodobnie by się rozpłakała. Nie chciała, żeby pomyślał, że jest dzieckiem, bo jeśli tak, to wezwałby policjanta i dowiedziałby się, że to nie był pierwszy raz, kiedy jej matka zapomniała ją odebrać.

Podniosła książkę i użyła jej jako ściany, aby chłopak/mężczyzna nie widział jej łez.

ROZDZIAŁ 6

BENJAMIN

Przeszedł obok, żeby zobaczyć, czy się do niego odezwie, nie powiedziała ani słowa, ale wyglądała na smutną, a potem schowała się za książką. Szedł dalej, a potem ukrył się w krzakach za nią, aby mieć na nią oko bez jej wiedzy.

Pewnego razu, przypomniał sobie, kiedy on i inne dzieci bawiły się na zewnątrz, przechodził mężczyzna. Zatrzymał się i rozmawiał z jedną z dziewczynek, po czym wrócił samochodem i próbował namówić ją do środka. Benjamin pobiegł i powiedział rodzicom zastępczym, co się stało. Zapamiętał nawet numer rejestracyjny, co pozwoliło im zgłosić to na policję.

Był to jeden z niewielu przypadków, kiedy go posłuchali, a jemu i innym dzieciom zabroniono bawić się na podwórku.

Ta mała dziewczynka była w strasznej sytuacji, a wkrótce będzie jeszcze gorzej, gdy zapadnie zmrok. Owszem, w pobliżu ławki paliła się latarnia, ale to czyniło ją jeszcze bardziej bezbronną. Była tak widoczna jak latarnia morska podczas burzy.

Potarł dłonią o zimozielony krzew. Słodki zapach świąt przywołał wspomnienia minionych czasów. Jak pierwsze Boże Narodzenie w domu Abe'a i El. Dostał od nich więcej prezentów niż przez wszystkie swoje święta razem wzięte.

Potrząsnął głową, zastanawiając się, czy powinien zadzwonić na policję? Nie, poczeka jeszcze trochę. Chciał się mylić. Chciał, żeby jej matka po nią wróciła. Postanowił dać jej trochę więcej czasu.

Rozdzielił gałęzie, ich drapiące igły przyprawiały go o swędzenie.

Matka i ojciec Benjamina nigdy nie zostawiliby go tak samego. Nie celowo. Zginęli, gdy był chłopcem, osierocili go - nie z własnej winy. Wypadki się zdarzały, tak, wiedział o nich. Wypadek wyjaśniałby wszystko.

Dziewczynka była zziębnięta i trzęsła się, gdy słońce opadało coraz niżej na horyzoncie.

Nie mając dla niej płaszcza, jedyne, co mógł zaoferować, to przyjazna twarz, ale najpierw musiał wymyślić plan A. A kiedy już miał to w głowie, potrzebował planu B.

Przykucnęła za krzakami, by pomyśleć.

ROZDZIAŁ 7

KATIE

Usłyszała szum wiatru łaskoczącego drzewa, gdy dzień zamienił się w noc. Usłyszała za sobą odgłosy, ale bała się odwrócić. Zamiast tego chwyciła drugą rękę lalki i przyłożyła je obie do swojej piersi.

Przypomniała sobie czas, kiedy jej matka postanowiła dać jej nauczkę. Były w kinie. Powiedziała, że kupi więcej popcornu.

"Nie odzywaj się do nikogo i nie odwracaj się".

"Dobrze, mamusiu".

Katie nie wiedziała, że jej matka obserwuje ją z tylnego rzędu. Ona i inny mężczyzna, nie Mark, czekali, aż się odwróci.

"Ha!" skarciła ją matka.

"Ah, zostaw ją w spokoju" - powiedział randkowicz jej matki, gdy Katie wybuchła płaczem.

Później wyszedł z teatru i musieli wziąć taksówkę do domu.

Matka Katie obiecała, że nigdy więcej nie zagra w tę grę. Objęła się ramionami.

ROZDZIAŁ 8

BENJAMIN

P O TYM, JAK OPRACOWAŁ w głowie plan A i B, pomyślał o tym, co powie. "Wszystko będzie dobrze", szepnął do siebie. Nie, to zabrzmiało banalnie. "Zabiorę cię w bezpieczne miejsce", wyszeptał, czy to by ją przestraszyło? W końcu był obcy. To była trudna sytuacja i nie chciał powiedzieć czegoś niewłaściwego.

Jednocześnie musiał myśleć o własnym bezpieczeństwie. Był nastolatkiem, wychodził późno, w publicznym parku. Obserwował małą dziewczynkę - upewniając się, że nie stanie się jej krzywda. Dla innych jego obecność mogła być źle odebrana.

Nie wspominając już o tym, że samotni chłopcy w miejscach publicznych mogą wpaść w różnego rodzaju sytuacje. Zwłaszcza jeśli

chłopców, którzy chcieliby na niego naskoczyć lub wywołać bójkę.

Kiedyś, dawno temu, był nieustannie ścigany przez taki tłum - uciekł tylko dlatego, że biegł szybciej. Samo myślenie o tym teraz przywoływało cały strach. Objął się ramionami.

Wyznaczył sobie limit czasowy. "Jeśli nikt nie przyjdzie po nią w ciągu kolejnych trzydziestu minut", wyszeptał, "wtedy z nią porozmawiam".

Kiedy trzydzieści minut minęło, przejrzał plany. Plan A, zaoferuje pomoc, odprowadzając ją do domu. Plan B, jeśli nie będzie znała adresu, zaproponuje, że zawiezie ją na komisariat. Tak czy inaczej, nie opuści nabrzeża, dopóki to biedne, małe, porzucone dziecko nie będzie gdzieś bezpieczne.

ROZDZIAŁ 9

KATIE

U siadła prosto, zaalarmowana odgłosami kroków w oddali. Wysokie obcasy. Serce jej zabiło. Jej matka w końcu po nią wracała!

Podniosła lalkę i spojrzała na latarnię nad sobą. Wyobraziła sobie, że światło pada w dół i ogrzewa ją. Żałowała, że nie pomyślała o tym wcześniej, bo nie było jej już zimno. Wyobraźnia była magiczną rzeczą; zawsze można było zapomnieć o złych rzeczach.

Przypomniała sobie inne chwile, kiedy matka ją zostawiła. Pewnego razu była jedynym dzieckiem, które zostało w szkole pod koniec dnia. Jedna z nauczycielek zauważyła to i zabrała ją do dyrektora, jakby sama zrobiła coś złego. Nie zrobiła.

Później, kiedy jej matka przyszła ją odebrać, dyrektor się skrzywił.

Przy innych okazjach jej matka zostawiała ją na dłuższy czas z ludźmi, których znała. Tym razem było inaczej. Była zupełnie sama.

Wysokie obcasy stuknęły bliżej.

ROZDZIAŁ 10

BENJAMIN ORAZ KATIE

B ENJAMIN SZELEŚCIŁ W WIECZNIE zielonym krzewie, obserwując małą dziewczynkę. Była dla niego jak młodsza siostra, mimo że wcześniej się nie znali. Był mądry ponad swój wiek. W systemie zastępczym musiał chronić innych. Raz czy dwa musiał narazić się na niebezpieczeństwo, ponieważ nikt go nie słuchał. Spojrzał na swój telefon i wziął głęboki oddech. Druga trzydziestominutowa przerwa dobiegała końca. Potem pójdzie do niej.

Obcasy stuknęły o chodnik.

Wychylił głowę z krzaków, machając gałęzią. Chciał zobaczyć długo oczekiwane szczęśliwe spotkanie. Ta kobieta nie była matką. Szła dalej.

Westchnął.

Aż kobieta zawróciła i podeszła do małej dziewczynki na ławce. Pochyliła się i coś szepnęła.

"Przepraszam, ale nie wolno mi rozmawiać z nieznajomymi - powiedziała Katie, odchylając się do tyłu.

Kobieta pachniała, jakby wykąpała się w śmierdzącym czerwonym winie, które mama i Mark pili w eleganckich kieliszkach. Zatkała nos palcami.

"Mam na imię Jenny - powiedziała. "A ty?

Nie odezwała się, zamiast tego nadal trzymała się za nos, by odeprzeć zapach.

"Jesteś za młoda, by być tu sama. Gdzie są twoi rodzice? Kobieta rozejrzała się i szepnęła: "Chodź i powiedz mi, jak się nazywasz, a wtedy nie będziemy już sobie obcy".

Benjamin nic nie słyszał, dopóki kobieta nie powiedziała: "Wstawaj!".

W mgnieniu oka znalazł się na miejscu, jak po zrzuceniu granatu.

Kobieta o imieniu Jenny wyciągnęła rękę i próbowała zmusić Katie, by ją wzięła, ale ona wciąż mocno trzymała nos jedną ręką, a drugą trzymała swoją lalkę.

"Tutaj jesteś! - powiedział, pokazując na nią palcem wskazującym. "Kazałem ci policzyć do dziesięciu, a potem przyjść i mnie znaleźć!

"Ja," powiedziała, "przepraszam."

"Tut - powiedziała kobieta o imieniu Jenny, grzebiąc w torebce i wyciągając telefon. Przyłożyła go do ucha, zaczęła mówić i odeszła. W ciemności rozbrzmiewał dźwięk jej butów.

"Mogę tu z tobą poczekać? - zapytał. Przytaknęła, a on usiadł na ławce obok niej. Kiedy

Kiedy dźwięk stukających obcasów przestał być słyszalny, powiedział: "PU, teraz wiem, dlaczego trzymałaś nos!".

"Zapach jest zły, ale smakuje jeszcze gorzej".

"Próbowałaś wina?" zapytał.

"Raz, to tajemnica. Mama nie wie."

"Twój sekret jest u mnie bezpieczny - powiedział. "Chcesz, żebym odprowadził cię do domu?

"Czekam na mamę. Powinna wkrótce po mnie przyjść. Jej głos się zachwiał i spojrzała na swoje stopy.

"Czy jest ktoś, do kogo mogę zadzwonić, żeby cię odebrał? Kogoś w ogóle?

"Nie. Mama zawsze przyjeżdża.

"Nie masz nic przeciwko, jeśli poczekam tu z tobą?

"Jak chcesz - powiedziała Katie.

Trójka usiadła razem na ławce w parku. Blondwłosa dziewczynka z podobną lalką i ciemnowłosa nastolatka.

"Jak masz na imię? - zapytała. "Mam na imię Katie."

"Jestem Benjamin, ale możesz mi mówić Benji, jeśli chcesz".

"Widziałam kiedyś film z małym pieskiem o imieniu Benji. Wyglądał niechlujnie, jak ty.

Przeczesał palcami włosy.

"Nie chciałam - powiedziała. "Chodzi mi o to, że nie wyglądasz zbyt niechlujnie."

Roześmiał się i ona też. Przez chwilę słuchali fal uderzających o skały i obserwowali gwiazdy tańczące na niebie nad nimi.

Zadrżała.

"Och, zimno ci. Szkoda, że nie mam płaszcza".

"Nieważne, liczy się myśl.

"Masz rację, liczą się myśli, ale także działania i intencje stojące za myślami, które je zainspirowały. Mam na myśli ich realizację. Rozumiesz do czego zmierzam?" Przytaknęła.

Siedzieli razem w ciszy przez kilka chwil, zanim Benjamin ponownie się odezwał.

"Czy wiesz, że możesz myśleć przeciwnie do tego, co czujesz i zmienić wszystko?"

"Wiem, że wyobraźnia to potęga - powiedziała z uniesioną brwią. "Ale jak?"

"Ach, jesteś sceptykiem?".

"Jestem?" zawahała się. "Kim jestem?"

"Sceptyk to osoba, która nie wierzy w to, co usłyszała - chyba że ma na to dowód. Chcesz, żebym ci pokazał, jak to zrobić, żeby wszystko zmienić?".

Uśmiechnęła się: "Tak, proszę!".

Zaczął: "Kiedy jest mi zimno, śpiewam w głowie piosenkę, która jest przeciwieństwem bycia zimnym...".

"Masz na myśli ciepło?"

Przytaknął.

"Nie znam żadnych ciepłych piosenek."

"Jeśli nie znasz ciepłej piosenki, wymyśl ją w ten sposób:

Jest dziś śmiesznie gorąco,

Moje lody się topią.

Gdy słońce świeci w dół

Gdy słońce świeci w dół na mnie.

Czekolada, gdy się topi.

Smakuje jeszcze lepiej

Gdy słońce świeci w dół

Gdy słońce świeci tak ciepło".

"Znam melodię, ale słowa są inne - powiedziała.

"Ach, rozpoznałeś, że śpiewam moje słowa Frère Jacques'owi".

"To bardzo sprytne," powiedziała.

"Czujesz się teraz cieplej?"

Przestała się trząść, a gęsia skórka na jej ramionach zniknęła. "To działa!

Kontynuowali śpiewanie piosenki razem, do melodii Frère Jacques. Wkrótce śpiewanie o jedzeniu sprawiło, że oboje poczuli głód.

"Umiesz gwizdać?" zapytał.

Spojrzała na swoje stopy. "Nie, ale nie muszę wiedzieć jak - nie, jeśli znam słowa".

"To prawda - powiedział.

Wrócili do patrzenia w niebo. Kiedy znalazła mężczyznę na księżycu, udawała, że

że odłamuje kawałek sera z jego twarzy. Najpierw zaoferowała kęs Benji'emu.

"To najlepszy ser, jaki kiedykolwiek jadłam."

Wzięła kolejny kęs, "Jestem taka pełna," wykrzyknęła z westchnieniem."

Milczeli przez chwilę.

"Jak daleko mieszkasz?"

"To nie jest daleko, ale z tymi sandałami na nogach - szczypią - mogłoby się tak wydawać. Poza tym nie mam klucza".

"O tak, widzę, że twoje kostki wyglądają na czerwone".

"Poza tym mama kazała mi się nie ruszać z tego miejsca.

Skrzyżował ramiona. "Dobrze, poczekamy, ale to nie jest dla nas bezpieczne, zostawać tu dłużej.

"A co z twoją mamą i tatą? - zapytała, znów zaczynając odczuwać zimno i śpiewając w głowie słoneczną piosenkę.

"Są w niebie.

"Przepraszam - powiedziała, klepiąc go po dłoni.

"W porządku, to wydarzyło się lata temu. Milczał, śpiewając w głowie słoneczną piosenkę. "Mam pomysł. Mogłabyś przyjść do mnie. Mogłabyś spać w łóżku, a ja w dużym, wygodnym fotelu. Moglibyśmy wrócić rano i czekać na twoją mamę".

"Kiedy moja mama wróci, jeśli ruszę się choćby o centymetr - będzie zła."

"Wszystko jej wyjaśnię. Chciałaby, żebyś był gdzieś bezpieczny. Ze mną będziesz bezpieczna.

"Och - powiedziała, rozglądając się dookoła. "Jest ciemno.

"Tak, a kiedy jest późno i ciemno - cóż, można znaleźć się w niewłaściwym miejscu o niewłaściwej porze. Mogą wydarzyć się straszne rzeczy.

Skrzyżowała ramiona, znów czując chłód.

"Nie chcę cię straszyć, ale myślę, że powinnam zabrać cię do domu. Może twoja mama już tam czeka.

"Nie sądzę, ale...

"Warto spróbować", wstał. "Zobaczmy, co myśli twoja lalka." Zrobił kilka kroków i pochylił się, jakby lalka szeptała mu do ucha. "O tak - powiedział. "Wiem, ale mama twojej przyjaciółki na pewno to zrozumie. Hmm. Tak.

"Co ona mówi?"

"Ona też chce iść do domu. To był strasznie długi dzień". Potem do lalki: "Ale Katie naprawdę bolą stopy, musiałybyśmy cię tu zostawić, żebym mogła ją zawieźć do domu".

"Nie możemy jej tu zostawić. To moja najlepsza przyjaciółka.

"I jest dobrą przyjaciółką, dotrzymując ci towarzystwa przez cały dzień.

Spojrzał na swój telefon, bateria wkrótce się rozładuje. Nie mógł nosić jej i lalki na plecach. Czy powinien zadzwonić pod 911 i wezwać policję, by ją odebrała? Spacer na posterunek policji był opcją, ale był dość daleko.

"Znasz drogę do swojego domu?"

"Myślę, że tak".

"Dobrze, Katie, więc proponuję plan A.

"Co to jest plan A?"

"Plan A polega na tym, że odwiozę cię do domu, żebyś nie musiała chodzić i jeszcze bardziej ranić sobie stóp. Jeśli twoja mama będzie w domu, wrócę i przyniosę ci twoją lalkę. Czy to ci odpowiada?"

"Tak, podoba mi się plan A".

"Teraz plan B - powiedział. "Jeśli masz plan A, zawsze powinnaś mieć też plan B".

Rozłożyła ręce i skinęła głową.

"Plan B, tylko jeśli twojej mamy nie ma w domu, może pójść w jedną lub drugą stronę."

"Który sposób najbardziej mi się spodoba? - zapytała, po czym czekała na jego odpowiedź.

Ponownie rozważył opcje. Powinien zadzwonić na policję, czy zabrać ją do domu i wrócić rano? Wyjaśnił.

"Tak czy inaczej, muszę zostawić tu lalkę, prawda?

"A może ukryjemy ją tam, w tym wiecznie zielonym krzewie? Będzie tak, jakby czekała na ciebie pod choinką! Potem możemy wrócić rano i ją odebrać. Będzie pachnieć świętami i opowie ci o swojej przygodzie".

Pochyliła się, a lalka coś wyszeptała. "Dobrze - powiedziała.

Jedna jego część miała nadzieję, że jej matka będzie w domu. Druga martwiła się, że zostawi ją z

matką, która nie zadała sobie trudu, by ją odebrać. W głowie usłyszał głos El. "Nie osądzaj", powiedziała. Jak zawsze, El - miał nadzieję - miała rację.

El była żoną Abe'a. Byli jego prawnymi opiekunami, właścicielami i pracodawcami. Odkąd rzucił szkołę średnią, większość czasu spędzał z nimi i wiedział, że zrozumieją i będą chcieli pomóc.

Benjamin opuścił rękę i ukłonił się. "Moja pani, czy jesteś gotowa na transport do domu?

"Zapomniałam o czymś - powiedziała, wydymając wargi.

Jego brwi wygięły się w łuk - Czego zapomniałaś?

"Nie powinnam rozmawiać z nieznajomymi.

"Tak, ale nie jesteśmy już sobie obcy. Znasz moje imię, a ja znam twoje imię i jestem podekscytowany mogąc zaoferować ci transport z powrotem do twojego skromnego domu. Uklęknął na jedno kolano.

"Powstań! - rozkazała, chichocząc, gdy stanęła na ławce. Benji odwrócił się, a ona zarzuciła mu ramiona na szyję i wkrótce odjechali.

"Poczekaj chwilę - rozkazała, wskazując na lalkę.

"Ups - powiedział Benji, podnosząc lalkę. Ukrył ją pod wiecznie zielonymi krzewami.

"Masz rację - powiedziała Katie. "Pachnie tu świętami Bożego Narodzenia.

"Wszystko gotowe?"

Po tym, jak powiedziała mu, co to było, Benjamin wpisał adres Katie w swoim telefonie.

Zachichotała. "Mogę zadać ci pytanie?"

"Nie, śmiało.

"To osobiste, o mamę i tatę.

"Nie mam nic przeciwko, to było dawno temu. Pytaj śmiało".

"Mama zawsze mi powtarza, że nie powinnam podchodzić do tego zbyt osobiście".

"Nie mam nic przeciwko."

"Rozmawiasz z nimi?"

Był zaskoczony. Nikt nigdy nie zadał mu tego pytania. "Nie - odpowiedział.

"Nigdy, przenigdy?"

"Nie."

"Obróć się jeszcze raz tutaj." Odwrócił się. "Nie sądzisz, że są samotni bez ciebie?"

"Ja... - nie wiedział jak odpowiedzieć, więc nie odpowiadał przez kilka minut. "Zostawili mnie samego. To był wypadek, ale..."

"Nie rozmawiasz z nimi, bo uważasz, że wypadek był ich winą? Przytuliła się mocniej, opierając głowę o jego ramię.

"Nie jestem na nich zła. Nie zostawili mnie celowo, ale tak, jestem zła.

"Na Boga?

"Byłam zła na wszystkich, a potem poznałam Juliusza. Przygarnęli mnie i dali mi dom. Pomogli mi zbudować nowe życie. Znów być częścią rodziny. Powiedzieli nawet, że mogę płakać. Jako chłopiec nie byłem do tego przyzwyczajony. Jesteś małą dziewczynką, więc nie powinienem zwalać na ciebie swoich problemów. Myślę, że powinniśmy porozmawiać o czymś innym".

Mały aniołek nic nie mówił przez kilka minut. Była pogrążona we śnie.

Wkrótce przekonał się, że miała rację co do odległości. To wcale nie było zbyt daleko.

Pierwszą rzeczą, którą od razu zauważył, było to, że jej dom był w całkowitej ciemności. Miał nadzieję, że przynajmniej zobaczy zapalone światło na werandzie, aby powitać dziecko w domu. Zamiast tego również było ciemno jak w smole i trudno mu było

znalezienie dzwonka do drzwi. Zadzwonił kilka razy, ale tak jak się spodziewał, nie było odpowiedzi.

Cofnął się i obrzucił wzrokiem wszystkie okoliczne domy po obu stronach ulicy. Wszystkie były pogrążone w ciemności, choć przez sekundę wydawało mu się, że na ostatnim piętrze domu po drugiej stronie ulicy poruszyła się zasłona. Nie mając innego wyboru, wrócił do domu.

Mała Katie nie była ciężka, ale z czasem będzie coraz cięższa, a dotarcie do jego mieszkania to wciąż długi spacer. Był bardzo szczęśliwy, że nie zgodził się zabrać ze sobą lalki. Miał nadzieję, że będzie wystarczająco bezpieczna tam, gdzie jest.

Podniosła głowę, "Zauważyłeś?"

"Co?"

"Czasami zasłona przesuwa się na drugą stronę ulicy. Mama mówi, że mamy wścibskiego sąsiada".

"Nic nie zauważyłam. Ale czy to mili sąsiedzi?"

"Nie wiem. Mama zawsze mi mówi, żebym nie rozmawiała z nieznajomymi".

"Nawet z sąsiadami?"

"Tak, zwłaszcza nasi wścibscy sąsiedzi".

"Dobrze, Katie, więc myślę, że teraz mamy plan B.
Ziewnęła. "Plan B."

"Tak, proszę pani - powiedział, przyspieszając kroku. Chrapała na jego ramieniu, gdy włączyła się syrena. Zamknął oczy, gdy wiatr wzbił kurz i kawałki papieru. W oddali zaszczekał pies.

Podniosła głowę, gdy dotarli do drzwi wejściowych Juliusa. "Już jesteśmy - powiedział - Ale ciii, El i Abe śpią. Moje mieszkanie jest tam na górze. Wskazał na schody. Gdy dotarli na górę, głośno chrapała. Zdjął jej szczypiące sandały, po czym położył ją do łóżka.

Była na wpół śpiąca, "Muszę się wysikać", powiedziała.

Pokazał jej, gdzie jest łazienka, po czym poszedł do aneksu kuchennego, gdzie przygotował im kanapki z serem i gorące kakao.

"Gdzie jesteś, Benji?" zapytała, gdy wyszła z łazienki.

"Tutaj - odpowiedział Benjamin, niosąc kanapki i kakao na tacy.

Po zjedzeniu Katie ziewnęła najszerzej jak potrafiła i położyła się spać. Położył ją i zauważył, że już smacznie śpi.

Ściągnął buty i skarpetki i okrył się kocem na wygodnym fotelu. On również zasnął w mgnieniu oka

ROZDZIAŁ 11

BENJAMIN ORAZ ABE

R ANO, GDY PIERWSZE ŚWIATŁO zajrzało przez zasłony, Benjamin obudził się. Przeciągnął się i na chwilę zapomniał, dlaczego spał na wygodnym fotelu. Koc zsunął się z niego i uderzył o podłogę. Wstał i chociaż był młodym mężczyzną, jego ciało bolało. Będzie musiał zmienić nazwę fotela, ponieważ nie uważał go już za wygodny.

Otrząsnął się z bólu i jego wzrok padł na Katie. Wyszeptał jej imię, chociaż chrapała. Jakby wiedziała, że o niej myśli, podniosła rękę. Pomyślał, że musi śnić o szkole. Mamrotała coś niesłyszalnie, opuściła rękę, odwróciła się do okna i znów zasnęła.

Benjamin zostawił ją, by spała dalej, zostawiając uchylone drzwi, by mógł ją usłyszeć, gdyby się obudziła.

Oddalając się od jej drzwi, zastanawiał się, czy była typem dziecka - tak jak on - które bało się obudzić w nieznanym miejscu. Ponieważ wspominała, że jej matka często zostawiała ją z innymi - ale zawsze po nią wracała - wolał na wszelki wypadek zachować ostrożność.

W łazience doprowadził się do porządku, a następnie zagotował czajnik w aneksie kuchennym. Miał ochotę na gorącą, słodką herbatę i tosty z masłem.

Czekając, myślał o rodzinach i o tym, jak pytania Katie poruszyły w jego umyśle pewne nierozwiązane kwestie.

Jego rodzice zmarli, pozostawiając go sierotą. Zdał sobie sprawę, że obwiniał ich za to, że go zostawili, mimo że nie było w tym ich winy. Ponieważ nie miał innych krewnych, trafił do rodziny zastępczej. On zamknął się w sobie, chroniąc się w tym systemie po tym, jak jego pierwszy pobyt w domu był nadużyciem.

Po tym doświadczeniu zmienił się z zasmuconego dziecka w przerażone. Potem, zamiast przenieść go do bezpiecznego domu, przenieśli go do jeszcze gorszego. A potem do kolejnego i kolejnego. Wtedy myślał, że zasłużył na pecha, ale teraz wiedział, że powinien być tam chroniony. Zamiast tego nie miał nikogo, komu mógłby zaufać i przeszedł w tryb walki lub ucieczki. Będąc zbyt małym, by walczyć o siebie ze wszystkimi dorosłymi i innymi dziećmi w domach, zrobił to drugie. Może dlatego czuł potrzebę obwiniania rodziców po tylu latach, ponieważ musiał winić kogoś poza sobą.

Po tym jak uciekł, dogonili go i ponownie umieścili w domu, w którym był maltretowany zarówno fizycznie, jak i psychicznie. W niektórych przypadkach wolał przemoc fizyczną od psychicznej. I znowu uciekł, nie chcąc już nigdy nikomu ufać.

Wtedy, zupełnie przypadkowo, natknął się na El i Abe'a. Wyszli na wieczorny spacer, trzymając się za ręce. Byli starzy, może dwa razy starsi od jego rodziców. Kiedy otworzył przed nimi swoje serce, El przytuliła go. Nakarmiła go. Abe słuchał. El zaprosiła go, by przyszedł i przespał się w ich wolnym pokoju. Od tego czasu nigdy nie opuścił ich domu, z wyjątkiem momentu, gdy przeprowadził się z wolnego pokoju do własnego mieszkania. Było to w jego trzynaste urodziny.

Mieszając herbatę i dodając cukier, pomyślał o matce Katie. Czy wróciła? Czy nadal tam będzie, gdy Katie się obudzi? Miał nadzieję, że tak. Miał nadzieję, że będzie szczęśliwa, że jej córka jest bezpieczna. Tak szczęśliwa i z ulgą, że już nigdy jej nie opuści. Ale źli rodzice zawsze byli złymi rodzicami. Lamparty nie zmieniały swoich cętek.

Wyobraził sobie matkę Katie znajdującą lalkę ukrytą w krzakach. Czy wpadłaby w panikę i zadzwoniła na policję? Jego odciski byłyby wszędzie. Mimo to

nie zmieniłby niczego, nawet gdyby mógł, ponieważ chciał jej tylko pomóc.

Trzymając kubek, zaczął się przechadzać. Może powinien był zabrać dziecko na komisariat. Teraz może mieć kłopoty. Nawet gdy nastolatki mówiły prawdę, były czyste - dorośli im nie wierzyli. Nie, jeśli był w to zamieszany inny dorosły.

Wziął kolejny łyk, gdy ktoś zapukał do drzwi jego mieszkania. Był to pan Julius, Abe, jego opiekun, właściciel i szef. "Chodź ze mną, ciii - powiedział, gdy Abe wszedł za nim po schodach do jego mieszkania. Benjamin pokazał Abe'owi spojrzenie na śpiącą Katie. Ponieważ zrzuciła z siebie kołdrę, wszedł na palcach do środka i ponownie ją przykrył. W milczeniu wrócili do kuchni.

"Kim ona jest?" zapytał Abe.

Benjamin zawahał się, zastanawiając się od czego zacząć. "Ma na imię Katie, a jej mama nie odebrała jej wczoraj z nabrzeża.

wczoraj z nabrzeża. Nie wiedziałem, co innego zrobić, więc przywiozłem ją tutaj".

Abe powiedział Benjaminowi, że powinien był zabrać ją prosto na posterunek policji.

Benjamin potrząsnął głową. "Była zbyt zmęczona i przestraszona. Wstał i odłączył ładujący się telefon: - Mogę teraz do nich zadzwonić.

"Zaczekaj - powiedział Abe. "Zastanówmy się nad tym, skoro już tu jest. Popijali herbatę w milczeniu. "Postąpiłeś słusznie. Jestem z ciebie dumny.

"Katie i ja rozmawialiśmy wczoraj wieczorem o zabraniu jej na komisariat. Postanowiliśmy poczekać, dać jej matce jeszcze jedną szansę dziś rano. Zostawiliśmy tam też jej lalkę. Jest naturalnej wielkości, jedna z tych, które sprzedajecie na Boże Narodzenie.

Abe uśmiechnął się. "Naprawdę? Nie pamiętam jej, ale może El ją pamięta. Chociaż jestem pewien, że nie jesteśmy jedyną firmą sprzedającą lalki.

"To prawda - powiedział Benjamin. "Więcej herbaty?

Abe skinął głową, a po chwili milczenia. "Myślę, że każdy rodzic zasługuje na drugą szansę, ale jeśli nie pojawi się dziś rano, to dzwonię na policję.

Benjamin dolał więcej herbaty do filiżanki Abe'a. Zawahał się, po czym wyszeptał. "Gdyby matka Katie zgłosiła jej zaginięcie po tym, jak ją tu przywiozłem, szukaliby mnie. Mogliby mnie nawet aresztować, gdybym wrócił po lalkę.

"Chwileczkę - powiedział Abe. "Czy ktoś cię widział?"

"Jakaś kobieta próbowała namówić Katie, by z nią poszła.

"I nikt więcej?"

"Funkcjonariusz rozmawiał z nią krótko wcześniej, ale już nie wrócił. Nie widział mnie z nią.

"Nie ma sensu martwić się tym, co może, a co nie - powiedział Abe. "Nie mogłeś jej tam zostawić na całą noc. To zwykłe zaniedbanie, nie wspominając o przestępstwie ze strony matki. Gdybyś zignorował dziecko, byłbyś współwinny. Napił się. "Chociaż postąpiłeś słusznie, uprowadzenie tego dziecka również jest przestępstwem.

Benjamin odchrząknął: - Ja ją tu przyprowadziłem, w bezpieczne miejsce.

Abe poklepał grzbiet dłoni nastolatka. "Wiem i ty to wiesz, ale czy policja uwierzy w twoją historię?

Benjamin odciągnął jego rękę, wstając. Zaczął chodzić. "Kiedy się obudzi, zabiorę ją prosto do miejsca, w którym zostawiła ją matka. Wyjaśnię to jej matce. Ona zrozumie. Sprawię, że zrozumie."

Abe również wstał. Wziął swój kubek i opłukał go. "To byłoby odważne. Ale co, jeśli niedbała matka oskarży cię, że zabrałeś jej córkę, by wyciągnąć ją z kłopotów?"

z kłopotów? To znaczy, gdyby zgłosiła jej zaginięcie. Zastanawiałeś się, co by się wtedy stało?"

Benjamin usiadł i położył ręce po obu stronach głowy. "Więc co powinienem zrobić?"

"Idź na nabrzeże i zabierz lalkę. Jeśli matka tam jest, to świetnie, przyprowadź ją tu ze sobą. Jeśli nie, wróć i pozwól mi się tym zająć z sierżantem Millerem na posterunku. Pamiętasz Alexa Millera?

"Tak. Dziękuję, Abe.

"Ty, kto - zawołała El z dołu.

"Chodź i zobacz - powiedział Benjamin - chodź na górę. Kiedy była na górze, przyłożył palec do ust: "Ciii". Przytaknęła i na palcach weszli do pokoju gościnnego, gdzie Katie wciąż spokojnie spała.

"Dziecko. Co u licha?"

"Nie martw się, wprowadzę ją w szczegóły. W międzyczasie - powiedział Abe - idź na nabrzeże, gdy dziecko będzie spało. Jeśli nie będzie tam jej matki, wróć natychmiast.

Benjamin skinął głową. "Dziękuję, Abe i El. Pójdę już.

Abe wyjaśnił wszystko swojej żonie. "Ciekawi mnie, czy matka robiła takie rzeczy w przeszłości".

"Też się nad tym zastanawiałam - powiedziała El.

Tymczasem Benjamin pobiegł na nabrzeże, gdzie podniósł lalkę. Jego telefon zawibrował.

"Jakiś ślad matki?" napisał Abe.

"Nie, ale mam lalkę. Zaraz wracam."

Abe wysłał mu emoji z kciukiem w górę. Powiedział do El: "Nie ma śladu matki dziecka i muszę przygotować się do otwarcia sklepu".

"Zostanę tutaj z nią - powiedziała El. Usiadła na krześle, podczas gdy Katie spała dalej. Jakiś czas później El poszła posprzątać, przygotowując się do swojej zmiany.

ROZDZIAŁ12

KATIE ORAZ BENJAMIN

K ATIE I JEJ LALKA siedziały obok siebie na ogromnym diabelskim młynie, kręcąc się w kółko. Kiedy dotarły na szczyt, zatrzymały się, a ich nogi zwisały nad krawędzią. Katie zacisnęła uchwyt wokół drążka. Przez sekundę czuła się bezpiecznie. Dopóki drążek nie rozpuścił się między jej opuszkami palców, a samochód nie zaczął się kołysać. Do tyłu i do przodu, a potem na boki. W oddali zawył wiatr, a potem zawył pies. Lalka zaczęła się ślizgać. Sięgnęła, by ją chwycić, wózek się przewrócił, a oni upadli.

Krzyknęła!

W tym czasie wrócił Benjamin. Wbiegł do pokoju. "Obudź się Katie," powiedział. "Masz zły sen."

Gdy zdała sobie sprawę, że jest bezpieczna, Katie objęła go ramionami i trzymała się kurczowo. Kiedy jej oddech zwolnił, ziewnęła i powiedziała: "Umieram z głodu!".

"To dobrze, bo jesteś zaproszona na śniadanie z Abe'em i El, chodź.

Opuścili mieszkanie Benjamina i weszli do domu. W kuchni Benjamin wrzucił osiem jajek do garnka z wrzącą wodą. Poprosił Katie o obsługę tostera, ponieważ potrzebowali ośmiu kromek.

"Uwielbiam tosty żołnierzy!" wykrzyknęła Katie. Gdy chleb był już upieczony, Benjamin posmarował go masłem. Pokroił go w paski: idealny rozmiar do zanurzenia w płynnych żółtkach.

"O czym śniłaś?" zapytał Benjamin. "Czasami lepiej podzielić się złym snem. Jeśli chcesz."

"Nie chcę o tym myśleć - powiedziała Katie, siadając przy kuchennym stole.

Pani Julius, El, pojawiła się w kuchni. "Cześć - powiedziała uśmiechając się w jej kierunku.

Katie odsunęła krzesło, podbiegła do El i objęła nieznajomą w pasie. Przytuliła ją mocno, jakby już się kiedyś spotkały.

El poklepała ją po głowie przez dłuższą chwilę, walcząc ze łzami, po czym odciągnęła ją do stolika.

Benjamin przyglądał się, rozumiejąc, co czuła Katie. El miała taką twarz, takie oczy, z których płynęła dobroć i łagodność. Sam od razu ją polubił, a teraz Katie robiła to samo.

"Lepiej zaniosę to do sklepu, żeby Abe mógł coś przekąsić - powiedziała El. "Wiesz, jak bardzo nienawidzi pracować sam w sklepie. Sobota to nasz najbardziej pracowity dzień. Ten smakołyk będzie mile widzianą niespodzianką".

Benjamin przyniósł jajka w foremkach do jajek na stół.

El zamknęła za sobą drzwi wychodząc.

"To miła pani, prawda?"

Katie uśmiechnęła się zarówno swoimi oczami, jak i uśmiechem. "Tak, to moja pierwsza przyjaciółka.

Benjamin potrząsnął głową. "Natychmiastowy przyjaciel - to dla mnie nowość." Dotknął czubka jednego z jajek, które były jeszcze zbyt gorące, by je otworzyć.

Katie wzięła głęboki oddech i zamknęła oczy. Otworzyła je ponownie. "Czy zraniłam twoje uczucia? Ponieważ nie byliśmy od razu przyjaciółmi?"

Benjamin uśmiechnął się. "Wcale nie. Otworzył pierwsze jajko. "Po prostu się zastanawiałem. Posmarował jajko odrobiną masła i soli, po czym otworzył kolejne i zrobił to samo.

"Nigdy nie spotkałem mojej babci. El wyglądała jak babcia w mojej głowie - dlatego od razu się z nią zaprzyjaźniłem.

"To ma sens.

El wróciła i cała trójka zanurzyła swoje chlebowe żołnierzyki w rozmąconych jajkach.

"Jesteś naprawdę świetnym kucharzem - powiedziała Katie.

Uśmiechnął się, gdy posprzątali i włożyli brudne naczynia do zmywarki. "Ruszajmy się. Pamiętaj, mamy rzeczy do zrobienia.

"I miejsca do zobaczenia - zachichotała.

"Cieszę się, że tu jesteś - powiedział El.

***

Benjamin przeczesał włosy Katie, które, jak zauważył, pachniały miodem i cynamonem.

"Założę się, że mama mnie szuka. Możemy pójść i poszukać jej teraz na nabrzeżu?"

Z uśmiechem Benjamin wyszedł z pokoju, pytając: "Nie zapomniałeś o kimś?". Wrócił kilka sekund później, chowając coś za plecami. "Voila!" wykrzyknął, pokazując lalkę Katie.

Objęła ją za szyję, gruchając i szepcząc, jak bardzo tęskniła za swoją bliźniaczką. Benjamin miał rację, jej lalka pachniała jak świąteczny poranek i to była dobra rzecz. Co nie było takie dobre, to to, że miejscami czuła się trochę przemoczona. Zrobiła minę.

"Zauważyłaś, że jest trochę wilgotna - powiedział Benjamin. "Przynieś ją tutaj w pobliże otworu wentylacyjnego, a w mgnieniu oka wyzdrowieje".

Razem umieścili lalkę w pobliżu grzejnika, po czym Benjamin zasugerował. "A może chciałabyś nauczyć się myć zęby palcem? Dopóki nie dostaniesz szczoteczki do zębów?".

Katie pisnęła i świetnie się bawiła. Potem Benjamin zasznurował jej sandały.

"Twojej mamy nie było na nabrzeżu, kiedy rano odbierałem lalkę.

Jej dolna warga drgnęła. Zadrżała.

Spojrzał na swoje stopy. "Nie martw się. Pan Julius, to znaczy Abe, ma przyjaciela, który pracuje na posterunku policji".

"O nie - powiedziała Katie.

"O co chodzi?"

"Dowiedzą się.

"Dowiedzą się czego?"

"Nie mogę ci powiedzieć, ale nie chcę, żeby mama miała kłopoty.

"Nie martw się, przyjaciel Abe'a to miły człowiek. Będzie wiedział, jak pomóc. Tymczasem ty i ja możemy dziś spędzić czas z El".

Dziecko skinęło głową.

"Może nawet pozwoli ci pomóc w sklepie, jak dużej dziewczynce.

Katie uśmiechnęła się. Na chwilę odwróciła uwagę od swoich kłopotów.

ROZDZIAŁ 13

ABE ORAZ SZARGENT MILLER

ABE POPROSIŁ ŻONĘ, ABY zajęła się sklepem i już szedł pieszo, aby spotkać się ze swoim przyjacielem z posterunku, sierżantem Alexem Millerem. Przemyślał plan zadzwonienia do niego. Wizyta osobista byłaby lepsza, ponieważ byli wieloletnimi przyjaciółmi.

Kiedy spotkali się lata temu, Alex był młodym oficerem i nowicjuszem. Abe pracował w swoim sklepie, kiedy dwóch uzbrojonych mężczyzn wtargnęło do środka i ukradło gotówkę z kasy. Abe uciekł z lekkim uderzeniem w głowę. Był bardzo wdzięczny, że jego żona pojechała tego dnia do hurtowni.

Po skontaktowaniu się z policją, wysłali oni Alexa wraz ze starszym funkcjonariuszem. Starszy funkcjonariusz zasugerował, że Abe powinien zatrudnić kogoś do pilnowania drzwi. Powiedział, że albo zapłacić za drogi system bezpieczeństwa. Abe nie mógł sobie pozwolić na żadną z tych opcji. Wypełnili raport i wyszli, ale Alex wrócił. Zaoferował, że może pracować za opłatą. Jako młodemu oficerowi, nie wysyłano mu zbyt wielu godzin pracy.

Abe zgodził się płacić Alexowi dwie godziny dziennie i zostali przyjaciółmi. Po kilku miesiącach współpracy doszło do włamania do innego sklepu przy tej samej ulicy co sklep Abe'a. Alex samodzielnie zatrzymał obu przestępców. Później Abe zidentyfikował ich na przesłuchaniu, a bandyci trafili do więzienia.

Po tym wydarzeniu Alex zaczął piąć się po szczeblach kariery. On i Abe pozostawali jednak w kontakcie, a kiedy Alex się ożenił, on i El wzięli w nim udział. Kiedy urodziło im się pierwsze dziecko, on i El zostali zaproszeni na chrzciny. Mała dziewczynka, a po niej dwóch chłopców - bliźniaków. Abe i El przez lata uczestniczyli w Bożym Narodzeniu i Święcie Dziękczynienia w domu Millerów.

Potem, gdy w ich życiu pojawił się Benjamin, a Alex awansował na sierżanta, stracili kontakt w sprawach rodzinnych, ale wciąż udawało im się spotykać.

w sprawach rodzinnych, ale wciąż udawało im się spotykać od czasu do czasu na filiżankę kawy.

Przybywając na posterunek policji, poprosił w recepcji o spotkanie z sierżantem Millerem, który, jak mu powiedziano, nie był dostępny. Abe siedział w poczekalni przez krótką chwilę, aż zauważył billboard po drugiej stronie pokoju ze zdjęciami dzieci. Zaginione dzieci.

Po wyczyszczeniu okularów Abe podszedł bliżej. Żadne z dzieci nie miało długich blond włosów.

Zadowolony, że dziecko o imieniu Katie nie było wśród tych na plakacie, usiadł z powrotem.

Przybył sierżant Miller i obaj przyjaciele uścisnęli sobie dłonie. Miller zasugerował, aby oddalili się od posterunku do kawiarni w odległości spaceru. "Tam nikt nie będzie nam przeszkadzał, a mnie przyda się przerwa".

Usiedli w kawiarni, Abe zapytał, jak się mają wszyscy w domu.

"Minęło trochę czasu, stary przyjacielu, prawda? Mają się dobrze, dziękuję" - powiedział Miller. Otworzył swój telefon i pokazał Abe'owi krótki film z ceremonii ukończenia szkoły średniej przez jego bliźniaków. "Henry chce zostać lekarzem - powiedział Alex z dumą. "Jimmy chce być prawnikiem". Przerzucił więcej zdjęć, po czym zatrzymał się. "A Jenny, dlaczego ona i Will właśnie dali nam naszego pierwszego wnuka. Jest całkiem piękna. Zostawił zdjęcie otwarte dla Abe'a i wrócił do przygotowywania kawy, dodając dwie śmietanki i słodzik.

"Ah, jest całkiem urocza. Gratulacje dla ciebie i twojej żony z okazji zostania dziadkami po raz pierwszy". Popił kawę. "Lekarz to szanowany zawód, podobnie jak prawo. Oba są bezpieczniejsze niż twój zawód". Zaśmiał się, po czym zamieszał swoją filiżankę kawy.

"To na pewno - zgodził się Alex, biorąc łyk. Mocna kawa poparzyła mu wargę, ale mimo to wziął kolejny łyk.

"Świat staje się coraz bardziej niebezpieczny - kontynuował - i mam nadzieję, że w niedalekiej przyszłości przejdę na emeryturę. Poza tym, nie chcę się martwić, że moi synowie będą narażać swoje życie, kiedy ja będę mógł w końcu odpocząć i się zrelaksować".

Dwaj przyjaciele popijali kawę i maczali w niej swoje pączki.

"Więc, co cię dzisiaj do mnie sprowadza? zapytał Alex, spoglądając na zegarek. "Mam nadzieję, że twoja żona nie sprawia ci kłopotów.

Abe uśmiechnął się. "Nie. Zawahał się. "Mam przyjaciela.

"O nie, tylko nie to, że mam przyjaciela.

Abe kontynuował: "Mam przyjaciela," uśmiechnął się, "który jest w tarapatach."

"Powiedz mi więcej."

"Wczoraj wieczorem znalazł na nabrzeżu samotne dziecko. Porzucone przez matkę. Zabrał ją w bezpieczne miejsce.

"Twój przyjaciel jest dobrym obywatelem - powiedział Alex. "Jak mogę pomóc w tej sytuacji?

"Mój przyjaciel zastanawia się, czy może być w gorącej wodzie kąpany za zaangażowanie się w tę sytuację. Jest niepełnoletni, a dziecko było zbyt zszokowane, by przyprowadzić je na komisariat. Gdyby mój przyjaciel zgłosił się teraz, czy miałby kłopoty za opóźnianie zgłoszenia?".

Alex rozważył sprawę. "Jak dobrze znasz tego chłopaka?

Abe usiadł wyprostowany: - Pamiętasz Benjamina?

Alex skończył pić kawę. Kelnerka wróciła i zapytała, czy chcą coś jeszcze. Kiedy odmówili wszystkiego poza rachunkiem, sprzątnęła kubki.

"O tak, pamiętam go. Miły, dobrze wychowany chłopak, który docenia szczęście bycia członkiem twojej rodziny.

"Zawsze był dla nas jak syn - powiedział Abe. "Mówiąc o rodzinie i dzieciach, zastanawiałem się nad czymś.

"Słucham.

"Widziałem kiedyś program Matlock, pamiętasz?

"Tak, ale jest trochę przestarzały - zwłaszcza jego białe garnitury. Miller roześmiał się.

"Tak, pamiętam, kiedy były popularne - białe garnitury i spaty. Tak, jestem taki stary.

Zaśmiał się, po czym kontynuował. "W programie powiedziano, że osoba nie może zgłosić zaginięcia dziecka przez dwadzieścia cztery godziny. To amerykański program, jak wiesz, ale zastanawiałem się, czy tutaj jest tak samo.

"W Kanadzie zaginięcie dziecka można zgłosić w dowolnym momencie. Nie ma okresu oczekiwania".

"Nie wiedziałem o tym - powiedział Abe. "Interesujące."

"Większość ludzi myśli, że to dwadzieścia cztery godziny" - powiedział Alex. "Tę dezinformację można przypisać powtórkom i fałszywym wiadomościom.

Abe roześmiał się. "Czy ktoś zgłosił zaginięcie dziecka, to znaczy tutaj w mieście od wczoraj?

"Nic mi o tym nie wiadomo - powiedział Alex. "Możliwe, że jeszcze o tym nie wiem. Czasami na posterunek docierają różne informacje. Pochylił się bliżej. "Muszę wiedzieć, gdzie jest teraz dziecko?

"Benjamin przedstawił nam ją dziś rano. El robi zamieszanie, jak możesz sobie wyobrazić".

Sierżant Miller skinął głową, gdy zadzwonił jego telefon. Był potrzebny na posterunku.

Zapytał, czy w ciągu ostatnich dwudziestu czterech godzin zgłoszono zaginięcie dziecka, małej dziewczynki. Rozłączył się. "Brak nowych zgłoszeń o zaginionych dzieciach".

"Rozumiem - powiedział Abe. "Co powinniśmy teraz zrobić?"

Miller powiedział: "Jeśli przyprowadzisz ją na posterunek, zaopiekujemy się nią do czasu, aż zajmie się nią opieka społeczna".

"Tak ładnie się u nas zadomowiła.

"Tak, pozostawienie jej teraz z wami może być najlepszą opcją. Podczas gdy my prowadzimy dochodzenie. Nie chciałbym, aby przedwcześnie trafiła do systemu zastępczego. Zwłaszcza jeśli to pierwsze wykroczenie".

"Zapewnilibyśmy jej bezpieczeństwo.

"Wiem, że tak, ale muszę skonsultować się z szefem. Z tego, co widzę, prawdopodobnie najlepiej będzie zostawić ją tam, gdzie jest. Wstał. "Czy chcesz mi powiedzieć coś jeszcze, zanim zacznę dociekać?

"Benjamin wrócił dziś na nabrzeże w nadziei, że matka dziecka tam będzie - nie było jej.

"Dobrze, że nie wróciła - powiedział Miller. "To wymaga zbadania. Aby sprawdzić, czy jest recydywistką". Ponownie sprawdził godzinę. "Ile lat ma dziecko?"

"Nie wiem na pewno, ale spodziewam się, że siedem lub osiem.

Miller wyszedł z kawiarni rozmawiając przez telefon i wrócił kilka minut później. "Na razie może zostać z tobą. W międzyczasie poproszę moich oficerów, aby mieli oko na kobietę błąkającą się po nabrzeżu. Wiesz może, jak ona wygląda?

"Nie, musisz porozmawiać z Benjaminem. Albo mogę go poprosić i dać ci znać?".

"Jasne, dowiedz się i napisz do mnie. Wyciągnął rękę, która została ciepło przyjęta.

"Dziękuję - powiedział Abe.

Miller dodał: "Bez względu na to, co się stanie, nie oddawaj dziecka. Jeśli kobieta się pojawi, zatrzymaj ją i zadzwoń do mnie. O każdej porze dwadzieścia cztery siedem. Chcę z nią porozmawiać - powiedzieć jej po co. Chcę się też upewnić, że działa zgodnie z prawem i rozumie błędy, które popełniła. W razie potrzeby zaangażuję w to opiekę społeczną".

Abe powiedział, że prześle opis kobiety jak najszybciej.

"Dobry człowiek" - powiedział sierżant Miller, gdy rozstali się przed kawiarnią.

Abe, zamiast iść prosto do domu, udał się na nabrzeże. Usiadł na ławce i słuchał mew i fal. Po trzydziestu minutach niewidzenia nikogo, wrócił do sklepu, gdzie jego żona wyszła go przywitać.

"Jak złoto" - powiedziała El, całując męża najpierw w lewy, a potem w prawy policzek.

Zauważył, że jego żona ma sprężysty krok, a jej policzki są zarumienione. Przypomniało mu to dni, kiedy po raz pierwszy się zalecali.

✱✱✱

PO ROZMOWIE Z EL na temat jego spotkania z sierżantem Millerem, Abe zapytał dzieci, co oglądają w telewizji.

"To SpongeBob Kanciastoporty" - powiedziała Katie. "Jest zabawny."

"Możesz później opowiedzieć Benjaminowi, co się stało, jeśli nie masz nic przeciwko? Chciałbym z nim porozmawiać na zewnątrz przez chwilę lub dwie.

Przytaknęła.

"Dowiedziałaś się czegoś na posterunku? Benjamin zapytał po zamknięciu za sobą drzwi.

"Za chwilę ci powiem, ale teraz sierżant Miller chce, żebym przekazał mu opis matki Katie SMS-em. Podał Benjaminowi swój telefon. "Ty wpisz informacje. Szybciej piszesz na klawiaturze.

Benjamin kliknął: Cześć sierżancie Miller. Tu Benjamin. Matka Katie miała na sobie ciemną sukienkę bez rękawów, czerwony szalik i buty na wysokim obcasie. Jej włosy były ciemne, prawie czarne, a wczoraj nosiła ciemne okulary przeciwsłoneczne, gdy świeciło słońce".

"Wzrost?" odpowiedział Miller.

"Około 5 stóp i 7 centymetrów - bez obcasów".

"Dzięki. S.A.M."

Benjamin odwzajemnił się kciukiem w górę. "Powiedz mi, czego dowiedziałeś się o Katie.

"Na początku przedstawiłem to jako hipotetyczne. Rozmawialiśmy, a potem wprowadziłem go w szczegóły.

"W porządku.

"Mogę potwierdzić - powiedział Abe - że nie zgłoszono jeszcze jej zaginięcia.

"Coś musiało się stać jej mamie. Mam nadzieję, że nic jej nie jest.

"Sierżant Miller, Alex, powiedział, że dobrze zrobiłeś przyprowadzając ją tutaj. Jego funkcjonariusze będą mieli oko na matkę. Jeśli się pojawi, zabiorą ją na przesłuchanie. Jeśli będą jakieś wieści o Katie, dadzą nam znać".

"Jeszcze raz dziękuję, Abe.

"Ponieważ jest sobota i Katie nie musi iść do szkoły, to dobrze. Miejmy nadzieję, że wszystko zostanie załatwione przed poniedziałkiem i wróci do klasy, jakby nic się nie stało.

"Tak - powiedział Benjamin, już myśląc o tym, jak bardzo będzie za nią tęsknił, kiedy jej nie będzie.

El wyszła na korytarz i trio szeptało razem.

"My, Abe i ja uważamy, że będzie jej wygodniej w pokoju gościnnym.

Benjamin wyglądał na rozczarowanego, a jego wzrok powędrował na podłogę.

El dotknęła go w ramię. "Mogę jej pilnować, kiedy wy będziecie zajmować się sklepem. Możemy robić babskie rzeczy.

Abe wtrącił: - Ty też potrzebujesz snu, Benjaminie, a to stare krzesło nie nadaje się do spania.

"Od lat chcieliśmy wymienić ten stary fotel.

"To jest na mojej liście rzeczy do zrobienia - powiedział Abe. "Któregoś dnia zabiorę się za zmianę tapicerki.

"Lepiej wyrzuć go do kosza lub użyj na opał. Miałem zamiar trochę poprawić ten pokój. Te regały też wymagają odnowienia".

"Dodam to do listy.

El pocałowała go w czoło. "Byłoby miło uczynić pokój bardziej dziewczęcym.

"Ona jest tu tylko na chwilę.

"Wiem, wiem. Ale kojarzy mi się z moją młodszą siostrą Sammy. Samantha. O psotach, które razem robiłyśmy". Spojrzała na męża. "Zawsze chciałam mieć własną córeczkę - to kolejna najlepsza rzecz. Nawet jeśli tylko na chwilę.

Abe objął ją ramieniem. "Rozumiem, chcecie się razem bawić.

El pocałowała go w policzek i cała trójka przytuliła się do siebie.

Kiedy się rozdzielili, Abe zapytał: "Czy Katie zna swój adres?".

"Zna go i sprawdziliśmy go wczoraj wieczorem. Nikogo nie było w domu, a ona nie ma klucza. Jest na Ontario St., numer 74."

Abe wywołał mapy Google na swoim telefonie i wpisał adres z planem udania się do domu. Po tym, jak sam się rozejrzy, przekaże adres swojemu przyjacielowi, sierżantowi Millerowi. "Dziecko będzie potrzebowało różnych rzeczy - powiedział Abe, podając Benjaminowi swoją kartę kredytową. "Kup zwykłe ubranie, piżamę, porządne buty, skarpetki i bieliznę. I szczoteczkę do zębów.

Benjamin posprzątał kuchnię, podczas gdy Abe opowiadał o swojej wizycie na posterunku policji. "Aha, i jeszcze jedno, jeśli Katie zobaczy swoją matkę lub odwrotnie, nie zostanie jej oddana. Chcą najpierw porozmawiać z kobietą na posterunku".

Katie weszła do kuchni: "Czy moja mama ma kłopoty?".

"Nie, kochanie - powiedział Benjamin. "Policja chce się upewnić, że wszystko z nią w porządku. Potargał jej włosy. "Teraz umyj twarz i uczesz włosy. Poszła do łazienki i zamknęła drzwi.

"Co jeśli jej matka zrobi scenę? Jeśli zobaczy mnie, obcego z jej córką?

Abe wyszeptał: - Porzuciła własną córkę. Każdy mógł ją zabrać, więc wątpię, by wywołała scenę. Sprawdził, czy Katie nie wyszła. "Poza tym, biedna kobieta może nie być w pełni władz umysłowych. Jeśli zobaczy dziecko, zadzwoń na policję i nie ruszaj się z miejsca. Pytaj o sierżanta Millera. On cię pamięta i na pewno się tym zajmie.

Benjamin usiadł i milczał.

"Widzę, że cię zmartwiliśmy - powiedział Abe. "Dziecko będzie wiedziało, co lubi i czego potrzebuje, a personel ci pomoże.

Benjamin spojrzał na swoje stopy, nie wiedział nic o kupowaniu ubrań dla małej dziewczynki.

El powiedziała: "Chcesz, żebym poszła z tobą?". Spojrzała na męża. "Jeśli ci to nie przeszkadza? Jest po trzeciej, więc nie będzie znowu strasznie tłoczno".

Benjamin skinął głową. "Proszę, Abe.

Katie naśladowała słowa Benjamina. "Proszę, Abe."

Nie mogąc się oprzeć, Abe skinął głową.

"Idziemy na zakupy, dla ciebie - powiedział Benjamin. "Ty, El i ja.

Katie pisnęła z zachwytu.

ROZDZIAŁ 14

ZAKUPY

Wkrótce Katie miała już wszystko na liście.

"A teraz chodźmy coś zjeść - zaproponował El.

Poszli do kawiarni przy głównej ulicy. Katie zamówiła truskawkowy koktajl mleczny, El poprosiła o mocną herbatę, a Benjamin o colę z lodem.

Popijała swój koktajl mleczny. "Chcesz mnie o coś zapytać, prawda El?

El skinęła głową. "Skąd znasz to dziecko?"

"W porządku, jeśli mnie zapytasz. Nie mam nic przeciwko.

El zawahała się, po czym zapytała: "Jaki jest twój ulubiony kolor?".

Katie roześmiała się, najwyraźniej nie takiego pytania się spodziewała. "Nie mam jednego ulubionego koloru. Po co wybierać jeden, skoro jest ich tak wiele?"

El uśmiechnęła się. Nie takiej odpowiedzi się spodziewała.

"Mam pytanie - zapytał Benjamin. Zawahał się, podczas gdy El i Katie czekały. "Kto kupił ci lalkę? Twoja mama?"

Katie łyknęła więcej koktajlu mlecznego przez słomkę. "On to zrobił - powiedziała.

El pochyliła się bliżej: "Twój ojciec?".

"Nie, przyjaciel mojej mamy, Mark. To był prezent. On zawsze przynosi mi prezenty.

"Na Boże Narodzenie? Albo na urodziny?" zapytał Benjamin.

"Nie, żadnych prezentów. Po prostu pojawia się i przynosi coś dla mnie".

"Benjamin powiedział, zerkając na El. "Jak twój koktajl mleczny?"

"Smakuje jak niebo - powiedziała Katie, po czym położyła palec na ustach.

"Co się stało? zapytała El.

"Po prostu myślę..."

"O czym?" zapytał Benjamin. "Nie musisz nam mówić, jeśli nie chcesz.

Katie zastanowiła się, po czym powiedziała: "Gdyby moja mama tu była, piłaby karmelowy koktajl mleczny. Popijałybyśmy powoli. Zawsze pijemy powoli. Zapomniałam i popijałam szybko, a teraz wszystko zniknęło". Dąsała się.

"Chcesz jeszcze jednego?" zapytał Benjamin.

"Mogę?"

"Możesz. Zawołał kelnera.

Kiedy przyszedł, Katie powiedziała: "Poczekaj, nie potrzebuję kolejnego".

"Dlaczego nie?" zapytał El.

"To proste. Teraz, kiedy mogę mieć jeszcze jedną, ta mi wystarczy".

Benjamin i El spojrzeli na siebie, a potem z powrotem na Katie.

"Jesteś jedyna w swoim rodzaju, dziecko - powiedziała El.

"Tak zawsze mówi mama.

Zapłaciła rachunek i wyszli na ulicę.

"Czy mogę założyć moje nowe buty?

"Oczywiście, że możesz - powiedziała El, zdejmując sandały Katie.

Katie pokręciła palcami wewnątrz butów, a następnie podskoczyła na chodniku. El i Benjamin próbowali dotrzymać jej kroku.

ROZDZIAŁ 15

POWRÓT DO DOMU

W RÓCILI DO DOMU, GDZIE zastali Abe'a siedzącego w bujanym fotelu. Jego ramiona były zgarbione, a ręce skrzyżowane na kolanach.

El podeszła do niego i pocałowała go w czoło. "Idę wziąć kąpiel dla Katie. To pomoże jej zasnąć po tych wszystkich emocjach.

"Dobry pomysł, kochanie - powiedział Abe. Potem zwrócił się do Benjamina: "Jak było na zakupach?".

"Było fajnie - Katie jest pełna energii. Nawet ja miałem trudności z dotrzymaniem jej kroku.

Abe uśmiechnął się. "Przepraszam, że przegapiłem. Zniżył głos. "Mam więcej informacji. Wolałbym podzielić się nimi

z tobą i El w tym samym czasie. Kiedy mała będzie spała.

Benjamin ziewnął.

Abe powiedział: "Dlaczego nie pójdziesz na górę, złapiesz kilka zzzs. Porozmawiamy za godzinę, dobrze?".

"Brzmi jak plan. Dzięki. Wszedł po schodach.

✳✳✳

KIEDY KATIE ZASNĘŁA, ZEBRALI się w salonie. El przygotował kilka kanapek. Abe był szczególnie głodny. Nie jadł od śniadania.

"Od razu poszła spać - wspomniał El. "I wyglądała ślicznie w swojej nowej koszuli nocnej księżniczki".

"Mieliśmy dziś wspaniały dzień, bardzo dziękuję za pomoc El.

"Cała przyjemność po mojej stronie.

Abe skończył przeżuwać kanapkę, wytarł usta i wziął łyk wody. "Mam wieści. To nie jest łatwa historia do opowiedzenia. Proszę, nie przerywajcie i nie zadawajcie pytań, dopóki nie skończę.

El i Benjamin przysunęli się bliżej i zgodzili się.

"Po zamknięciu sklepu o piątej poszedłem do domu Katie. Planowałem pojechać dopiero jutro, ale coś sprawiło, że chciałem pojechać już dziś, więc pojechałem. Zrobił pauzę.

Kontynuuj, pomyślał Benjamin, ale wiedział, że powiedzenie tego byłoby niegrzeczne.

"Zapukałem do frontowych drzwi, nikt nie odpowiedział, ale zasłony były otwarte. Zatrzymałem się i nasłuchiwałem odgłosów ze środka, nic. Obszedłem dom z boku i poszedłem na tyły. Nic nie wskazywało na to, że mieszka tam dziecko, żadnych zabawek, rowerków, huśtawek czy piłek. Żadnego prania wiszącego na sznurku.

"Zamówiłem taksówkę, a kierowca czekał na mnie przy krawężniku. Poszedłem obok i zapukałem. Odpowiedział mężczyzna, który powiedział mi, że ktoś mieszka obok, mała dziewczynka i kobieta, to wszystko, co wiedział. Potem zatrzasnął mi drzwi przed nosem.

"W moim peryferyjnym polu widzenia zobaczyłem zasłonę poruszającą się po drugiej stronie ulicy. Przeszedłem tam i zapukałem. Kobieta odpowiedziała i zaprosiła mnie na drinka.

Zobaczyła czekającą taksówkę i kazała jej odjechać. Powiedziała, że skontaktuje się z inną, gdy będę gotowy do drogi. Zgodziłem się, czując, że może mieć do przekazania informacje o matce dziecka. Była bardzo zajętą osobą, co do tego nie było wątpliwości. Normalnie unikałbym jej, ale w tym przypadku informacje dla dobra dziecka były kluczowe, więc zostałem.

"Jej dom był czysty i schludny. Nic mi nie groziło, a jedynym dźwiękiem w jej domu było nieustanne tykanie zegara dziadka. Usiedliśmy, podzieliliśmy się dzbankiem herbaty.

"Kiedy zapytałem o dziecko, powiedziała mi, że w domu po drugiej stronie ulicy zawsze coś się działo. Krzyki. Obrotowe drzwi mężczyzn i samochodów zaparkowanych na podjeździe, a czasem na ulicy. Uznała, że to żonaci mężczyźni. Powiedziała też, że ten ostatni miał duży samochód i kierowcę. Matka Katie była tematem rozmów na ulicy".

El przyłożyła dłoń do ust. "Biedne maleństwo".

Benjamin zmienił temat. "Dowiedziałeś się czegoś o Katie?

Abe westchnął. "Cicha i dobrze wychowana - wyjaśniła sąsiadka Judy Smith. "Powiedziała, że zauważyła matkę i córkę wczoraj rano. Wyróżniało się to, ponieważ był to dzień szkolny, a dziecko niosło ze sobą naturalnej wielkości lalkę. Nie widziała jednak, by wracały do domu.

"Kiedy znudziła się rozmową ze mną, poszła do frontowych drzwi swojego domu i gwizdnęła w dół ulicy. Jej syn, taksówkarz, podjechał przed dom. Wypchnęła mnie przez frontowe drzwi do pojazdu, a ja podałam mężczyźnie fałszywy adres. Nie chciałem, żeby znali mój adres. Wydawali się ekscentryczni".

"To znaczy szaleni?"

Abe skinął głową, po czym nalał sobie herbaty i podał filiżankę El i Benjaminowi.

"Możecie teraz zadawać pytania - powiedział.

✳✳✳

MINĘŁY MINUTY, MOŻE PIĘTNAŚCIE lub więcej, zanim El przerwała ciszę. "Biedne maleństwo. Jak musiało wyglądać jej życie z mężczyznami przychodzącymi i odchodzącymi o każdej porze dnia i nocy." Powstrzymała szloch, głęboko w swoim matczynym wnętrzu. "Brak życia dla jakiegokolwiek dziecka - i oto my. Ty i ja, które nigdy nie mogłyśmy mieć własnego dziecka.

"Proszę, proszę - powiedział Abe, klepiąc żonę po ramieniu. "Dokładnie to czuję. Na tym świecie nie ma sprawiedliwości. Nie ma rymu ani powodu. A jednak, kim jesteśmy, by osądzać?

"Wiem tylko, że Katie kocha swoją matkę - wtrącił Benjamin.

"Nawet maltretowane dziecko kocha swoją matkę - powiedziała El.

"Dowód tkwi w porzuceniu - powiedział Abe.

"Może nie można było temu zaradzić. Nie wiemy, co się stało - powiedział Benjamin.

"To prawda. Przepraszam, że tak szybko osądziłem. Co się teraz stanie? zapytała El.

"Poczekamy - powiedział Abe. "Zadajemy pytania, nie denerwując małej Katie. Dowiemy się, co możemy. W międzyczasie sierżant Miller zacznie działać po swojej stronie. Przekazałem mu adres Katie; Benjamin podał mu rysopis jej matki. Sprawdzą szpitale, kostnicę i nabrzeże".

"Kostnicę - powiedziała El. "Nie chcę myśleć o tym, że ta mała jest sama na świecie.

"Wiem, wiem - powiedział Abe. Zmienił temat. "Aha, i zanim zapomnę." Sięgnął do kieszeni i wyciągnął kopertę, którą położył na stole. "To było w skrzynce pocztowej w domu Katie.

"Abe, kradzież cudzej poczty to przestępstwo federalne! wykrzyknął El. Ten wybuch nie wystarczył, by powstrzymać ją przed odwróceniem koperty tak, by zarówno ona, jak i Benjamin mogli ją przeczytać.

"Jestem w pełni świadomy tego faktu - potwierdził Abe. "Ale teraz wiemy, że jej matka nazywa się Jennifer Walker.

Benjamin ziewnął i wstał, po czym pocałował El w policzek. "Katie nie jest teraz sama. Jest tutaj z nami. Powiedział dobranoc. "Dzięki za pomoc. Abe poklepał go po plecach, jak ojciec syna.

Na górze przebrał się w piżamę i położył do łóżka. Był zbyt zmęczony, by ściągnąć kołdrę i zamiast tego wtulił się w nią.

***

Benjamin stał na krawędzi dachu wysokiego budynku, nie mogąc spojrzeć w dół, z palcami już nad linią. Była noc, a gwiazdy były szczelinami, jak oczy na niebie, obserwując go, zachęcając do pójścia naprzód. Skacz, zdawały się mówić. Po prostu skocz.

Zachwiał się i zachwiał. Tak samo łatwo było iść do przodu, jak i się cofać, a on był zupełnie sam. Sam na świecie, bez nikogo, kto by się nim zaopiekował. Nikogo, kto by się o niego troszczył. Nikogo nie obchodziło, czy przeżyje, czy umrze.

Czytał wiele książek o bohaterach. Młodzi chłopcy, którzy tak jak on stracili rodziców i dokonali niesamowitych rzeczy w swoim życiu. Oczywiście takie postacie były fikcyjne.

Chwileczkę! Jestem dobrym człowiekiem. Pomagam ludziom. Myślę o innych przed sobą. Nie kłamię, nie kradnę, nie krzywdzę innych i zawsze, prawie zawsze, dotrzymuję obietnic.

Dlaczego prawie zawsze? zapytał głos wysoko nad nim.

Nie odpowiedział - zamiast tego przewrócił się i obudził na podłodze obok łóżka. Jego ubranie było wilgotne od potu, ale był bezpieczny. Bezpieczny i zdrowy. Chociaż była 4 nad ranem, nie zamierzał wracać do snu. Zaczął grać w gry na swoim telefonie. Pod swoim pokojem słyszał, jak ktoś chodzi tam i z powrotem. Prawdopodobnie Abe. Założył słuchawki. Gdy dołączyło do niego kilku znajomych, całkowicie zanurzył się w wieloosobowej grze online. Grał, aż słońce wzeszło na horyzoncie, po czym wrócił do łóżka.

ROZDZIAŁ 16

ABE ORAZ EL

ABE NIE MÓGŁ ZASNĄĆ. "Obudziłeś się?"

"Teraz już tak.

"Jestem trochę głodny, a ty?"

"Skoro już się obudziłem, to ja też. Chodź, przygotuję coś. Na co masz ochotę?

Gdy szli korytarzem, spojrzeli na Katie.

"To taki mały aniołek."

"To prawda." Teraz w kuchni Abe powiedział: "Tostowa kanapka z serem dobrze by mi zrobiła".

"Dobrze, nastaw czajnik, a ja rozpalę grilla".

Kiedy jedzenie było gotowe, a herbata parzyła się w dzbanku, usiedli i zjedli swoje kanapki.

"To naprawdę trafiło w punkt, dzięki."

"Jedzenie na pocieszenie zawsze działa. Odsunęła swoje krzesło.

"Nie, usiądź na chwilę. Chcę z tobą porozmawiać.

"Filiżankę herbaty? Abe skinął głową, a ona napełniła ich filiżanki. "Co cię trapi? Wiem, że coś.

"Pamiętasz, rozmawialiśmy o adopcji Benjamina?"

"Tak, ale ponieważ miał już piętnaście lat, postanowiliśmy tego nie robić.

"A jednak wciąż myślę, że gdybyśmy go adoptowali, to gdyby coś mi się stało, byłby rodziną i mógłby pomóc ci w sklepie. Przejąć go, jeśli zajdzie taka potrzeba. Tak samo, gdyby coś ci się stało - byłby dla mnie znaczącą pomocą.

El zamieszała herbatę. "Czy on chce być adoptowany? Nie potrzebuje nas tak jak kiedyś, gdy po raz pierwszy tu z nami zamieszkał. Jest niezależnym młodym mężczyzną. Nie chciałabym go do nas przykuwać.

Abe podniósł głos. "Przykuć go do nas? Tak myślisz? JA, JA."

"Uspokój się, kochanie. Za kilka lat będzie wystarczająco dorosły, by samemu odlecieć - i ma do tego pełne prawo. Jak to się mówi, jeśli kogoś kochasz, uwolnij go, a jeśli wróci, jest twój."

"A jeśli nie, to nigdy nie był. Nie pamiętam, kto to powiedział.

"Może Kipling albo ktoś mądry, jak on. Nie mówię, że nigdy by nie wrócił; myślę, że by wrócił. Uwielbia pracować w sklepie.

"Tak, a pewnego dnia mógłby być właścicielem sklepu - prowadzić sklep. Kontynuować nasze dziedzictwo".

"Jeśli będzie chciał."

"Oczywiście.

"Co chciałbyś robić? Co uspokoi twój umysł?

"Chciałbym porozmawiać z Travisem, naszym prawnikiem, i poprosić go o radę.

"Czy nie powinniśmy najpierw poruszyć tego tematu z Benjaminem?

"Gdybyśmy to zrobili i zmienili zdanie po uzyskaniu porady prawnej, mogłoby to mieć reperkusje. Wolę najpierw sprawdzić, a potem zdecydować. Jeśli zdecydujemy się tym razem, możemy z nim porozmawiać i zobaczyć, co o tym myśli.

El ziewnęła. "Och, przepraszam. Wzięła męża za rękę. "Wygląda na to, że mamy plan. A teraz wracajmy do łóżka, ta mała wkrótce wstanie i będzie chciała zjeść śniadanie.

ROZDZIAŁ 17

TĘSKNIĘ ZA TOBĄ...

ABE I EL w końcu zasnęli, kiedy Katie krzyknęła na korytarzu.

El znalazła się przy niej w kilka sekund, prawie jakby się tego spodziewała. Gdy tylko Katie ją zobaczyła, zarzuciła jej ramiona na szyję.

Abe przybył wkrótce potem. "O co chodzi, mała?"

"Tęsknię..." to wszystko, co powiedziała, zanim przycisnęła twarz do piersi El.

Benjamin wpadł do pokoju. "O co chodzi?"

Katie pozostała nieruchoma, podczas gdy oni wymieniali ciche szepty.

"Tęskni za matką - powiedziała El. Katie przytuliła się bliżej. "Wy dwoje wracajcie do swoich łóżek, a ja zostanę tutaj z małą. Potem do Katie: "Chciałabyś tego teraz, prawda? Gdybym tu została?" Szepnęła coś do El. "Rozumiem - powiedziała. "Jesteś pewna?" Katie skinęła głową. "Ona chciałaby, żebyś też został, Benjamin. Weź koc z zewnątrz i możesz się nim okryć na krześle tam. Benjamin wykonał jej polecenie.

"W takim razie dobranoc - powiedział Abe, zamykając drzwi i ciesząc się, że może wrócić do wygodnego łóżka.

ROZDZIAŁ 18

NIEDZIELA, NIEDZIELA

NIEDZIELNE PORANKI BYŁY WYJĄTKOWE w domu Juliusów. Ponieważ sklep był otwierany dopiero w południe, rodzina zawsze przygotowywała i dzieliła się dużym śniadaniem.

"Dzisiaj gofry" - oznajmiła El, wyciągając gofrownicę i podłączając ją do gniazdka. Poszła dalej i przygotowała ciasto, aż grill był gotowy.

W międzyczasie pozostali nakryli do stołu. Przyprawy takie jak: syropy, owoce, masło i bita śmietana w puszce zostały umieszczone na stole.

"Gofry pachną tak dobrze - powiedziała Katie, gdy El położył gotowe gofry na środku stołu.

"Dzięki kochanie - powiedziała El. "Czegoś zapomnieliśmy, zanim usiądę?" Nikomu nic nie przychodziło do głowy, więc zajęła miejsce na jednym końcu stołu, podczas gdy jej mąż na drugim.

"Dziękuję za wykwintne jedzenie - powiedział Abe, co było jego wersją modlitwy podczas posiłku. "A teraz do stołu!" I tak zrobili.

Katie usiadła i obserwowała pozostałych, ponieważ nigdy nie jadła gofra.

"Na co czekasz, kochanie?

"Obserwuję, ponieważ jedynym gofrem, jakiego kiedykolwiek jadłam, był rożek do lodów.

"Sprytny pomysł - powiedział Benjamin. Poszedł do zamrażarki i wyciągnął pojemnik z lodami neapolitańskimi. Następnie wyjął z szuflady łyżkę do lodów i przyniósł je do stołu.

El pomogła Katie nałożyć owoce na jej gofra, w tym jagody i truskawki. Dodała też kilka plasterków jabłka. "Ładnie wygląda", powiedziało dziecko.

"Teraz ty spróbuj - powiedział Benjamin.

Katie dodała gałkę lodów i sos czekoladowy.

"Och, właśnie pomyślałam o czymś innym" - powiedziała El, odsuwając swoje krzesło. Zwróciła się do Katie: "Nie jesteś uczulona na orzechy, prawda?".

"Nie. Kilkoro dzieci w mojej szkole jest, więc musimy być ostrożni, ale ja nie jestem na nic uczulona.

"Ja też - powiedział Benjamin, nakładając pokruszone orzechy włoskie na gofra. Następnie dodał bitą śmietanę - chociaż on, podobnie jak Katie, miał już lody na swoim gofrze.

"Czy ja też mogę dostać bitą śmietanę?

Benjamin spryskał śmietaną gofra Katie. "Wygląda zbyt dobrze, by go teraz zjeść" - powiedziała, a wszyscy się roześmiali. Jej twarz rozjaśniła się: "MMMMM", powiedziała. "MMMMM."

Po tym, jak każdy zjadł swoją porcję, El przygotowała kawę.

"Jestem zbyt pełny, by się ruszyć - powiedział Benjamin.

"Ja też - powiedziała Katie, klepiąc się po brzuchu.

Abe spojrzał na zegarek, do otwarcia sklepu było jeszcze trochę czasu. "Och, chciałem zapytać Katie, jak nazywa się twoja szkoła?"

"Chodzę do St. Mary's Elementary - powiedziała Katie.

Abe wpisał adres w Google.

"Lubisz szkołę?" zapytał Benjamin.

"Jest w porządku.

"Jutro zadzwonimy do twojej szkoły - powiedziała El - i poinformujemy ich, że będziesz nieobecna przez kilka dni.

"To znaczy, że nie muszę iść?" "Nie. Na razie chcemy cię tu zatrzymać".

"Dopóki mama nie wróci?"

"Tak, do tego czasu - powiedział Abe.

"Często opuszczasz szkołę?" zapytała El.

"Tylko wtedy, gdy jestem chory lub gdy mama źle się czuje, ponieważ nie pozwala mi chodzić samodzielnie".

"Czy twoja mama często choruje?" zapytał Abe, myśląc o zarzutach dotyczących alkoholu i narkotyków.

Katie zaczęła płakać.

"Na razie wystarczy pytań - powiedziała El. Wzięła Katie za rękę. "Zmyjmy bitą śmietanę i sos czekoladowy z twojej twarzy i ubierzmy cię w nowy strój. Chodź teraz.

Katie poszła za nią, a kiedy za zamkniętymi drzwiami powiedziała: "Mamusia nie chce być chora".

"Oczywiście, że nie, dziecko" - powiedziała El, przesuwając ciepłą, wilgotną ściereczkę po twarzy Katie. "Teraz podnieś ręce i ubierzemy cię.

"Jestem dużą dziewczynką".

"Nawet duże dziewczynki potrzebują czasem trochę pomocy - powiedziała El mrugając.

"Dziękuję.

"Dziękuję za wniesienie odrobiny słońca do mojego domu.

Katie zastanowiła się przez chwilę, po czym powiedziała: "Ale ty już miałaś słońce, bo miałaś Benjamina".

El roześmiał się. "Masz rację, widzimy jego złote promienie każdego dnia. A teraz chodź ze mną, nie możemy pozwolić, by chłopcy byli gotowi przed dziewczynkami, prawda?".

"Nie ma mowy!" zachichotała Katie.

ROZDZIAŁ 19

SGT. MILLER

Kiedy sierżant Miller przybył na posterunek, czekała na niego pilna wiadomość od koronera:

"Ciało kobiety wyrzucone na brzeg jeziora Ontario wczesnym rankiem, niedaleko wiaduktu. Zwykłe miejsce samobójstw. Jest teraz w kostnicy. Nie ma dokumentów, ale pasuje do opisu kobiety, na którą kazałeś mi uważać. Przyczyna śmierci powinna zostać wkrótce potwierdzona. Podejdź, kiedy przyjedziesz, wtedy cię poinformuję".

Miller natychmiast udał się do kostnicy. Ciało leżało na płycie, a koroner i jego asystent spisywali informacje.

"Może zechcesz na to spojrzeć" - powiedział, wskazując na nacięcie na gardle kobiety.

"W takim razie samobójstwo odpada - zasugerował Miller - biorąc pod uwagę kąt ostrza, nie mogła tego zrobić sobie sama.

"Dokładnie - potwierdził koroner. "Znaleźliśmy też ślady skóry i włosów pod jej paznokciami.

Miller spojrzał na paznokcie kobiety, pomalowane na kardynalską czerwień. Patrząc na jej twarz, zauważył, że w kąciku górnej wargi pozostała smuga pasującej szminki.

"Wysłaliśmy już próbki do laboratorium. Powinniśmy być w stanie zidentyfikować ją i prawdopodobnie jej napastnika, jeśli znajdziemy dopasowanie do któregokolwiek z nich w bazie danych.

"Mogę wziąć próbkę jej odcisków palców i sprawdzić je w naszej bazie danych, kiedy wrócę do biura? Może to być szybsza droga do identyfikacji, jeśli została oskarżona o jakiekolwiek przestępstwo".

Koroner skinął głową.

"Co jeszcze o niej wiemy?

"Wiek szacuje się na 34-37 lat i była wieloródką.

"Dwa porody - powiedział Miller. "Możesz powiedzieć, kiedy urodziła dzieci?"

"Cięcie cesarskie. Siedem może osiem lat temu. Poród pochwowy niedawno.

"Coś jeszcze?"

"Szacujemy czas zgonu na sobotnią noc, między 19:00 a 21:00. W ciele nie znaleziono alkoholu ani narkotyków." Zawahał się, "Jeszcze jedno, miała ugryzienia z tyłu nóg." Obrócił ciało. "Zobacz tu i tam, ugryzienia. Przyczyną mogą być żółwie błotne, ale ugryzienia są duże".

"Rozumiem - powiedział Miller. "Dzięki. Zatrzymał się. "Co to jest, w pobliżu kręgosłupa?"

"Znamię.

Było mniej więcej wielkości wariata.

Miller wyszedł z budynku i światło słoneczne uderzyło go z pełną siłą. Założył ciemne okulary i szedł do samochodu, myśląc o dziecku, które zostało z Abe'em. Miał nadzieję, że martwa kobieta i zaginiona matka to nie ta sama osoba, ale przeczucie mówiło mu co innego.

ROZDZIAŁ 20

LEGALNY ORZEŁ

ABE WSTAŁ I WYSZEDŁ z domu, zanim inni się obudzili. Po rozmowie z El umówił się na spotkanie ze swoim starym przyjacielem, prawnikiem Travisem Andersem.

"Chciałbym, żebyś przygotował dokumenty. Kiedy Benjamin skończy dwadzieścia jeden lat, odziedziczy dom i sklep".

"Zwolnij. A co z El?" powiedział Travis.

"W razie potrzeby możemy mu pomóc w sklepie. Ale będzie miał motywację, by zrobić krok naprzód, bardziej się zaangażować, ponieważ to będzie jego jeden dzień".

"El też musi tu być. Dom i sklep są na wasze nazwiska".

"Jeśli przygotujesz dla nas formularze, przyprowadzę ją, by je podpisała. Już o tym rozmawialiśmy.

"Po co ten pośpiech?"

"Nie ma pośpiechu jako takiego. Po prostu chcę zacząć działać. Jak długo zajmie ci przygotowanie wszystkiego?

"Daj mi tydzień - powiedział Anders. "Potem musisz wrócić z El. Rozmawiałeś już o tym z Benjaminem?

"Jeszcze nie. Chcę zobaczyć, jak to wygląda na papierze. Jak to wszystko do siebie pasuje, zanim go zaangażujemy.

"Z przyjemnością wezmę twoje pieniądze, Abe, ale jeśli przygotuję dokumenty, a on odmówi, nadal będziesz musiał zapłacić moje honorarium.

"Rozumiem. Nie chciałbym, żeby było inaczej".

"Dobrze, Abe. Zostaw to mnie. Skontaktuję się z tobą, gdy wszystko będzie gotowe i będziesz mógł przyprowadzić El. Zawahał się.

"W międzyczasie przedyskutowałbym to z Benjaminem, nawet jeśli to hipotetyczna sytuacja.

"Po podpisaniu będzie to oficjalne? zapytał Abe. "A jeśli zmienimy zdanie?

"Dołączę kodycyl. Na wypadek, gdybyście zdecydowali się wycofać ofertę w przyszłości".

"Dziękuję, Travis.

"Aha, i nie jesteś prawnie zobowiązany do ujawnienia chłopcu kodycylu, chyba że tak zdecydujesz. Ponadto, kiedy przyniesiemy mu dokumenty do podpisania, powinien mieć własnego prawnika. Jeśli go na to nie stać, zasugeruj, aby skontaktował się z pomocą prawną w celu uzyskania pomocy. Możemy o tym porozmawiać, gdy się spotkamy, mogę go poinformować lub polecić innego prawnika. Musimy dać mu trochę czasu, zanim złoży podpis".

"Benjamin jest dla nas jak syn - wstał Abe - i chcę mu to ułatwić.

"Chwileczkę Abe, proszę usiądź - powiedział Travis. "Jestem twoim prawnikiem, ale nie mogę reprezentować was obu. To dla jego własnego dobra, że ma innego adwokata niż ja.

"Znamy się od dwudziestu pięciu lat - powiedział Abe. "Ufam ci. Chłopca nie stać na innego prawnika. To niedorzeczne, żebym płacił komuś innemu, skoro ufam tobie".

"Wyjaśnię mu wszystko jeden na jeden, aby zrozumiał i mógł zadawać pytania bez obecności ciebie lub twojej żony. Kodycyl jest dla spokoju twojego i El. To nie jest refleksja na temat chłopca, to kwestia prawa. Sporządzenie wszystkiego na piśmie ma na celu ochronę wszystkich zaangażowanych stron".

"Cenię twoją radę - powiedział Abe. Zrobił pauzę.

"Co przypomina mi, że oglądałem powtórki Matlocka.

"Kiedyś uwielbiałem ten serial - powiedział Travis. "Proszę, kontynuuj".

"W tym odcinku próbowano zmusić małżonkę do zeznawania przeciwko mężowi. Powstał chaos, ale Matlock wyrzucił sprawę z sądu".

"Ach, ten Matlock. Od tego czasu zasady się zmieniły. Obecnie w Kanadzie żona może zostać wezwana do złożenia zeznań, ale nie musi niczego ujawniać. Nie, jeśli miało to miejsce w czasie, gdy byli małżeństwem. Jest to znane jako przywilej małżeński, sekcja 4, kanadyjskiej ustawy o dowodach".

"Rzeczywiście interesujące - powiedział Abe. "Jak to działa w przypadku dzieci? Czy rodzic może zostać zmuszony do zeznawania przeciwko dziecku lub odwrotnie?

"Przez lata było wiele dyskusji na ten temat.

"A co mówi prawo?

Travis podszedł do półki z książkami i przeglądał je, aż znalazł to, czego szukał. "Podstawowym prawem dziecka jest bycie wysłuchanym w każdym precedensie. To artykuł 12 Konwencji Narodów Zjednoczonych o prawach dziecka. Ratyfikowana w 1991 roku". Zamknął książkę i odłożył ją na miejsce. "Jakieś inne pytania?"

"Nie, dziękuję za poświęcony czas. Abe wstał i wyciągnął rękę.

"Będę w kontakcie - powiedział Travis.

Abe wrócił do domu. Posiadanie kogoś, kto zaopiekuje się jego żoną po jego wyjeździe, było dla niego priorytetem numer jeden. Będąc już blisko domu, zastanawiał się, czy sierżant Miller ma jakieś wieści do przekazania. W tej sytuacji brak wiadomości był dobrą wiadomością. W końcu dotarł do domu i wszedł do środka.

ROZDZIAŁ 21

SGT. MILLER NA POSTERUNKU POLICJI

Sierżant Miller patrzył, jak mężczyźni i kobiety w kajdankach paradują na posterunek. Czuł się jak w środku kiepskiego programu reality.

"Czy to była impreza?" zapytał aresztującego oficera.

"Tak, impreza uliczna we wschodniej części miasta. Wszędzie narkotyki i alkohol".

Kobieta przykuła jego uwagę, gdy podpisywał formularz. Była blondynką, miała wyraźnie za krótką spódniczkę i za dużo makijażu. Dała mu buziaka. Odwrócił się do niej plecami. Lepszy trup niż taka matka.

Zastanawiał się, czy jakakolwiek matka jest lepsza od braku matki. To było jak pytanie, czy ktoś słyszy, gdy w lesie pada drzewo? W teorii nie było poprawnych odpowiedzi, ale w rzeczywistości - żadna matka nie musiała być lepsza od kilku, które spotkał.

Wrócił do swojego biura w samą porę na wyniki skanowania odcisków kobiety na płycie. Oczywiście, była w bazie danych, ale nie zawsze była miejscowa.

Pochodziła z Quebecu. Zastanawiał się, co robiła w mieście. Kontynuował wyszukiwanie informacji i znalazł raport o zaginionej osobie. Tak, to była ta kobieta na płycie. Przejrzał akta, sprawdzając jej przeszłość. Następnie zadzwonił do jednego ze swoich przyjaciół w Montrealu. Jeden z facetów, który nie miał nic przeciwko rozmowie po angielsku - i przedstawił mu szczegóły.

"Właśnie znaleziono ciało kobiety, na podstawie raportu o zaginięciu złożonego przez twoje biuro, to Marie Levesque" - powiedział Miller.

Po drugiej stronie zapadła cisza, zanim biuro LaPlante zapytało: "Przyczyna śmierci?".

"Jej gardło zostało poderżnięte, ale jeszcze nie ustalono, czy to było przyczyną śmierci.

"Dam mu znać. Pracuje z policją prowincji Ontario.

"To miejscowy policjant? Mogę się z nim skontaktować, jeśli wolisz. Powiedz mu wszystko, co chce wiedzieć i gdzie ma przyjść, aby zidentyfikować ciało. Mogę być tam z nim, jeśli sobie tego życzy. Jeśli nie ma tu rodziny".

"Ona była wszystkim, co miał - głos LaPlante zachwiał się. "Pracował pod przykrywką.

Miller zawahał się. "Czy to morderstwo może mieć coś wspólnego z jego śledztwem? Czy jego przykrywka została zdemaskowana?

"Nie wiem. Przekażę to tutaj na maszt. Dowiem się, co mogę, a ty zrób to samo po swojej stronie. Masz kontakty w OPP?"

"Jasne, będę dyskretny.

"Dzięki, Alex.

"Jasne."

Miller rozłączył się, ale trzymał telefon przy uchu. Potarł podbródek w miejscu, gdzie kiedyś była jego broda. Tęsknił za tym zarostem, ale jego żona na pewno nie.

Przynajmniej nie była to matka małej Katie, ale wciąż było to morderstwo. Z udziałem OPP sprawy w mieście mogą się nieco skomplikować. Wybrał numer Abe'a i czekał, aż zadzwoni kilka razy.

✳✳✳

"CZEŚĆ ABE, TU SIERŻANT Miller, tu Alex".

"Cześć."

"Dzwonię tylko zobaczyć, jak się miewa Katie?"

"Tak, Katie dobrze się zadomowiła - potwierdził Abe. "Jakieś wieści o jej matce?

"Mamy kilka tropów, ale nic pewnego.

"W czym mogę pomóc?"

"Chcielibyśmy uzyskać więcej informacji na jej temat, na przykład nazwisko.

"Walker, dowiedziałem się tego z rozmowy z jednym z jej sąsiadów.

Usiadł. "Kiedy?"

"W sobotę. El zabrała ją na zakupy, a ja poszedłem się rozejrzeć.

"Zgaduję, że pani Walker nie było w domu?

"Ani jej, ani nikogo innego. Pogadałem z sąsiadami".

"Czy udawałeś jednego z nas, to znaczy policjanta?"

"Ja? Nie sądzę, żebym mógł to zrobić, jestem za niski - powiedział Abe. Obaj się roześmiali. "Nie martw się, byłem dyskretny.

"Coś szczególnego, czym chciałbyś się podzielić?"

"Mnóstwo mężczyzn. Jeden z sąsiadów powiedział, że dom miał drzwi obrotowe. Powiedział, że matka była tematem rozmów na ulicy - i to nie w pozytywny sposób".

"Interesujące. Czy wyczułaś wrogość lub coś zbliżonego do motywu?

"Nie, zupełnie nie. Jest wścibska i znudzona - ale raczej nie jest morderczynią. Kobieta, z którą spędziłem najwięcej czasu, lubiła Katie. Widziała, jak wychodzili z domu. Zastanawiała się, dlaczego zabiera swoją lalkę do szkoły. Nigdy nie widziała ich wracających do domu. Moja ocena była taka, że ta kobieta wie wszystko, co się dzieje na ulicy, z każdym."

"Dobrze, Abe, dzięki za informację. Trzymaj się teraz z dala od tego obszaru, zostaw śledztwo nam."

"Jeśli ty i oficerowie idziecie do domu, chciałbym pójść z wami, jeśli mogę.

Miller wziął głęboki oddech. "To nie jest standardowa procedura, by zabierać ze sobą cywila, a zdobycie nakazu zajmie trochę czasu. Prawdopodobnie będziemy musieli wyważyć drzwi.

"Nadal chciałbym tam być. Obiecuję nie przeszkadzać, a sąsiedzi mnie widzieli i znają.

"Skoro to ty, to chyba mogę zrobić wyjątek, jeśli obiecasz pozostać w pojeździe, dopóki nie powiem inaczej. Dam ci znać, jak tylko złożę wniosek o nakaz i wezwę zespół. Jeśli jesteś gotowy, możesz do nas dołączyć. Jeśli nie, udamy się do rezydencji Walkerów bez ciebie. Jasne?

"W stu procentach - powiedział Abe, uśmiechając się do telefonu. Rozłączył się, po czym zwrócił się do żony, która była zajęta czesaniem włosów Katie: - Być może będę musiał wyjść, jak tylko zadzwoni telefon.

"Czy to ma coś wspólnego z Katie? zapytał Benjamin. Oglądał telewizję.

Abe zbliżył się do niego i szepnął: - Dzwonił sierżant Miller. Nie mają żadnych konkretnych wiadomości.

"Mogę się przyłączyć?" zapytał Benjamin.

"Niepotrzebnie, ale dziękuję - powiedział Abe. Zniżył głos do szeptu: - Sierżant Miller nie chciał, żebym jechał z nim, ale nalegałem. Tak między nami, zamierzamy zbadać jej dom.

"W porządku, daj mi znać, co znajdziesz. W międzyczasie zajmę się sprawami tutaj. Może zabiorę Katie na świeże powietrze". Benjamin wstał i powiedział: "Ktoś ma ochotę na spacer?".

"Ja! Katie pisnęła.

"Ja też! powiedział El.

Wyszli, a Abe usiadł obok telefonu, czekając na telefon od sierżanta Millera.

ROZDZIAŁ 22

SPRAWDZANIE RZECZY

MILLER POINFORMOWAŁ SZEFA POLICJI o sytuacji Katie. Czekając na nakaz przeszukania, zorganizował dwóch funkcjonariuszy, którzy mieli mu towarzyszyć. Zadzwonił do Abe'a: "Będziemy u ciebie za dziesięć minut, jesteś gotowy?".

"Za dziesięć czwarta", odpowiedział Abe.

Funkcjonariusze parsknęli za Millerem.

"To dobry człowiek", powiedział Miller, wciskając pedał gazu do dechy.

Abe był niezwykle podekscytowany tym, że może być częścią tej akcji. Uśmiechnął się, gdy radiowóz podjechał pod dom. Miller wysiadł i wręczył mu kamizelkę kuloodporną, którą założył pod koszulę.

Gdy to robił, Miller przedstawił go funkcjonariuszom Belago i Ripponowi. Uścisnął im dłonie. Chciał dać im do zrozumienia, że Abe Julius nie jest mięczakiem.

Abe ruszył, aby wsiąść na tylne siedzenie, ale dwaj funkcjonariusze ustąpili mu miejsca, aby mógł wsiąść z przodu. "I nie, nie możesz bawić się syreną - powiedział Miller. Funkcjonariusze parsknęli śmiechem.

Miller miał trochę ołowianą stopę i jeden z policjantów z tyłu tak powiedział. Zaśmiał się. "Nadal jestem twoim szefem, nawet z cywilem na przednim siedzeniu. Do domu wejdziemy we trójkę. Abe, jak uzgodniono, pozostaniesz w pojeździe".

"Tak, rozumiem, ale daj mi znać, jeśli będziesz potrzebował mojej pomocy.

"Uh, tak." Potem spojrzał w lusterko wsteczne: - Jak już będziemy w środku, rozejrzymy się. Jak zwykle załóżcie rękawiczki i pamiętajcie, żeby niczego nie dotykać ani nie ruszać.

"Jak już mówiliśmy, przydałoby się zdjęcie matki i córki. Poszukaj też zdjęcia z ojcem."

Abe poruszył się na swoim miejscu. Chętnie wypiłby kolejną filiżankę herbaty i porozmawiał z wścibskim sąsiadem.

"Zostawię włączone radio, żebyś mógł posłuchać jakiejś melodii.

Zatrzymali się na zakorkowanym skrzyżowaniu. Stłuczka wielu pojazdów blokowała ruch. Miller włączył czerwone światło z syreną i ustąpił pierwszeństwa, po czym zapytał, czy wszystkim nic się nie stało.

"Pozwolisz mi to kiedyś pożyczyć?" zapytał Abe, opuszczając szybę.

Wszyscy się roześmiali, gdy Miller powiedział: "Nie ma mowy".

"Jesteśmy na miejscu - powiedział oficer Belago.

Miller podkręcił głośność w radiu. "Wszystko gotowe, Abe. Zostań tu i siedź cicho.

"Będę chronił pojazd - powiedział Abe.

Sierżant Miller założył rękawiczki. "Chodźmy chłopcy".

✳✳✳

S IERŻANT MILLER NAJPIERW ZAPUKAŁ, a następnie zadzwonił do drzwi, podczas gdy funkcjonariusze Rippon i Belago mieli oko. Kiedy nikt nie odpowiedział, Rippon poszedł na prawą stronę domu, podczas gdy Belago zajął się drugą stroną. Wrócili po kilku chwilach.

"Czysto - powiedział Belago.

"Czysto, szefie.

"Zobaczmy, czy uda nam się dostać do środka bez wyważania drzwi - powiedział Miller.

Belago wyjął narzędzia z bagażnika samochodu. W mgnieniu oka udało im się sforsować zamek.

Miller wsunął głowę do środka i zawołał: "Halo? Jest ktoś w domu?"

Nic nie słysząc, weszli do środka z bronią w pogotowiu. Jedynym dźwiękiem było brzęczenie lodówki. Miller otworzył drzwi i znalazł w niej jedzenie, przyprawy i kilka butelek odkorkowanego wina.

"Nie wygląda to na kogoś, kto zaplanował wycieczkę - pomyślał.

Belago i Rippon sprawdzili parter.

"Wszystko czyste i zabezpieczone - zameldował Belago.

Na kominku w salonie wisiały rodzinne zdjęcia. "Weź to - powiedział Miller, wskazując na zdjęcie małej dziewczynki i mężczyzny. Abe nie wspominał o ojcu. W rzeczywistości sąsiad powiedział Abe'owi, że dom ma obrotowe drzwi mężczyzn. Kim więc był facet na zdjęciu z Katie? Po obejrzeniu wszystkich zdjęć na wystawie był zaskoczony, że nie było tam zdjęć matki i córki.

Funkcjonariusze weszli za Millerem po skrzypiących, wyłożonych dywanem schodach.

"Halo, policja!" zawołał Miller, z bronią wycelowaną przed siebie i gotową na wszystko. Wszystko oprócz tego, co atakowało jego nos. Niezapomniany smród śmierci.

Funkcjonariusze mimowolnie zakneblowali się, kontynuując drogę na szczyt schodów. Na półpiętrze smród był nie do zniesienia.

W przeciwieństwie do smrodu, pierwszy pokój po prawej był pokojem dziecięcym, urządzonym na różowo, z falbanami na łóżku i kwiecistą tapetą.

W miarę jak szli dalej, smród się nasilał, a ich oczy napełniały się wodą: - To nie wygląda dobrze, szefie - powiedział Belago, po czym wstrzymał oddech.

"Nie pachnie też najlepiej - odpowiedział Miller i ruszył w kierunku pokoju na końcu korytarza.

Okazało się, że była to główna sypialnia z szeroko otwartymi drzwiami, a w środku, w łóżku, leżał martwy mężczyzna.

I nie był to byle jaki trup. Był to mężczyzna, którego właśnie widzieli na dole na zdjęciu na kominku z małą dziewczynką.

Leżał pod kołdrą, ale jego tors i dolna część ciała wyglądały dziwnie, a dokładniej były dziwnie ułożone. Pionowo, ale nie prosto. Odrzucił kołdrę do tyłu.

"Jezu", powiedział oficer Belago, obserwując mężczyznę siedzącego obok siebie.

"Dlaczego ktoś miałby usiąść w ten sposób po przecięciu go na pół?" zapytał Miller.

"Nie ma tu krwi - zauważył Rippon - ani krwawych śladów.

Z obu połówek tułowia wystawały mięsiste wąsy.

"Rigor mortis" - powiedział Miller, wyjaśniając nieco pozycję. "Zadzwonię, a wy poszukajcie broni. Następnie ponownie odezwał się do telefonu.

"Tak, tu sierżant Miller. Potrzebujemy pełnego zespołu kryminalistycznego. I wsparcie, aby zabezpieczyć teren. Również koroner, karetka, jeden worek na ciało. Aha, i powiedz im, żeby nie używali syren - nie chcemy, żeby cała okolica wyszła zobaczyć to widowisko. Tak, za dziesięć czwarta.

"Szefie, znaleźliśmy coś - zawołał Belago z korytarza.

W łazience panował krwawy bałagan. W wannie: piła łańcuchowa. Wylano na nią wybielacz, aby zamaskować zapach krwi.

"Zdecydowanie został tu pocięty - powiedział Rippon, zakrywając nos grzbietem dłoni.

"Wybielacz, krew i odświeżacz powietrza, zabójcza kombinacja - powiedział Miller, walcząc z odruchem wymiotnym.

Zawołał ponownie: "Powiedz zespołowi kryminalistycznemu, aby przybył w pełnym ekwipunku". Potem do funkcjonariuszy: "Zobaczmy, jakie dowody możemy zebrać, zanim przyjadą inni".

"Co z twoim przyjacielem w samochodzie?

"Zostanie na miejscu, dopóki nie powiem mu inaczej.

"Nie jest typem ciekawskiego?" zapytał Belago.

"Jest ciekawski, ale wie, kiedy postawić granicę.

ROZDZIAŁ 23

CIAŁO

WRÓCILI DO POKOJU z ciałem, gdy zadzwonił telefon Millera. Był to szef policji, który prosił o więcej szczegółów na temat zamordowanego mężczyzny. "Nie żyje od kilku dni, mężczyzna po trzydziestce, rasy białej".

"Jakiś pomysł, jak zginął?

"Tak. Znaleźliśmy piłę w łazience. Został tam rozczłonkowany, a następnie przeniesiony w dwóch częściach do łóżka. Zadali sobie wiele trudu, aby najpierw opróżnić ciało i umieścić segmenty pod kołdrą na łóżku. Wyglądało to tak, jakby siedział obok siebie".

"Brzmi jak ktoś z dziwnym poczuciem humoru."

"Mieszka tu matka z dzieckiem. Ten facet był na zdjęciu na kominku z małą Katie. Nie rozumiem, jak kobieta mogła to zrobić bez pomocy.

"Wygląda to na pracę co najmniej dwóch osób. Poinformuj mnie, kiedy wrócisz na posterunek.

"Zrobię to - powiedział Miller, po czym się rozłączył.

"Sierżancie - szepnął Rippon - ten facet wygląda znajomo.

"Był na zdjęciu na dole.

Miller zaśmiał się. "Zgadzam się, wygląda jak ktoś. Może pochodzi ze znanej rodziny?

"Halo!" odezwał się kobiecy głos z dołu.

"Jezu, kto to jest?" zapytał Miller, wychodząc na szczyt schodów.

Kobieta w holu pasowała do opisu "wścibskiej sąsiadki", z którą rozmawiał Abe. Przechylił się przez poręcz.

"Proszę o natychmiastowe opuszczenie lokalu.

Nie poruszyła się, jakby jej stopy były zabetonowane. Zaczęła bełkotać: "Tak się martwię o tę małą dziewczynkę, biedactwo".

Zaczął schodzić po schodach, "Musisz iść."

Podskoczyła.

"Dziękuję za troskę, ale musisz już iść. Wyprowadził ją z domu i wyprowadził na trawnik. Spojrzał na Abe'a, zastanawiając się, dlaczego nie powstrzymał jej przed wejściem, po czym przypomniał sobie, że dał swojemu staremu przyjacielowi szczegółowe instrukcje, aby pozostał przy pojeździe bez względu na wszystko.

Miller wrócił do domu i zamknął za sobą frontowe drzwi. Zszedł na dół, gdy przybył zespół kryminalistyczny i inni i wpuścił ich, zamiast ryzykować, że któryś z sąsiadów zapuści się do środka.

Judy Smith chlipała w chusteczkę na trawniku, po czym zauważyła Abe'a w radiowozie. Pomachała do niego, a on jej odpowiedział.

Następnie przeszła przez ulicę na podwórko własnego domu i stanęła tam, gapiąc się.

***

Nie minęło wiele czasu, gdy kilka pojazdów zapełniło podjazd i ustawiło się wzdłuż ulicy.

"Nie ma tu nic do oglądania" - powiedział jeden do Judy Smith.

Abe obserwował wszystko, co działo się wokół niego, pragnąc wiedzieć, co się dzieje. Co znaleźli w środku? Czy matka Katie nie żyła? Przywieźli kogoś na noszach. Może była ranna? A Judy Smith weszła prosto do domu, odważna jak mosiądz. Gdyby tylko mógł wyjść i zadać pytania.

Obserwował, jak odgradzają posesję żółtą taśmą, którą widział tylko w telewizji. I zespół ludzi, którzy weszli do środka w maskach i rękawiczkach - to byli technicy kryminalistyczni. Ich też widział w telewizji.

Czując się jak agrest, ucieszył się, gdy Miller wrócił do samochodu.

Pojechali dalej - przez całą podróż Miller nie wypowiedział ani jednego słowa. Nawet się nie pożegnał, gdy Abe wysiadł z samochodu.

***

W DRODZE POWROTNEJ DO domu Walkerów Miller powtórzył to, co wiedział. Był wdzięczny Abe'owi, że nie zasypał go pytaniami.

Gdy zaparkował ulicę od domu, wysiadł z samochodu. Zauważył przesuniętą zasłonę i zastanawiał się, czy to tam mieszka wścibski sąsiad. Zapukał do frontowych drzwi i błysnął odznaką.

"Sierżant Miller - powiedział. "Przepraszam za wcześniej, ale cywile nie mają wstępu na miejsce zbrodni".

"Rozumiem - powiedziała. Potem pochyliła się bliżej: - Nigdy nie przegapiłam żadnego odcinka CSI i przeczytałam każdą powieść Agathy Christie.

Uśmiechnął się. "Mogę zadać ci kilka pytań?

"Nie, chętnie pomogę. Cały czas jestem w domu i mam problemy z poruszaniem się. Wejdź i usiądź. Poszedł za nią do salonu. Jej krzesło było w połowie skierowane w stronę telewizora, a w połowie w stronę ulicy. W pokoju unosił się słaby zapach papierosów i VapoRubu. Potężna kobieta raczej opadła niż usiadła na krześle.

Miller pozwolił jej się rozgościć, po czym zapytał: - Kiedy ostatni raz widziałaś, żeby ktoś wychodził lub przychodził z domu po drugiej stronie ulicy?

Złożyła ręce i położyła je na kolanach. "W piątek rano dziewczynka i jej matka wyszły później niż zwykle.

"Katie to jej imię, prawda? A jej matka to Jennifer?

"Tak, zgadza się. I ciągnęły ze sobą tę lalkę.

"Coś jeszcze o pani Walker? Słyszeliśmy, że wróciła do domu, po tym jak wyszła, ale bez dziecka".

"Nic takiego nie widziałam." Zatrzymała się. "Och, jak sobie o tym pomyślę, to wzięłam szybki prysznic. Zawahała się, po czym pochyliła się bliżej i szepnęła: "Nie jestem osobą, która opowiada bajki, ale jedną rzeczą, którą zauważyłam u pani Walker, było to, że tego ranka nosiła perukę. Pomyślałam, gdzie u licha ta kobieta chodzi ze swoją małą córeczką ubraną w te błyszczące sandałki, niosąc lalkę w dzień szkolny? Pomyślałam, że może wzięła ją na pokaz, ale to tylko dla młodszych dzieci". Zawahała się.

Spojrzała przez okno na przejeżdżający samochód, po czym kontynuowała. "A ona tak wystrojona i w peruce? To nie miało najmniejszego sensu. A ja myślałam o tej biednej dziewczynce.

"Mieszkałem na tej ulicy przez całe moje dorosłe życie, widziałem wiele dziwnych rzeczy. Potrzebowałabym dużo czasu, żeby ci o tym wszystkim opowiedzieć". Wzięła głęboki oddech. "Ale ciebie nie interesuje to wszystko, interesują cię Walkerzy. Powiem tylko, że tego ranka po raz pierwszy i prawdopodobnie ostatni widziałam tak niezwykłe trio idące naszą ulicą.

"Peruka? To była nowa informacja. Wyjął długopis i kartkę.

"Tak, to było dziwne. Oprócz peruki, Katie miała na sobie sandały, nieodpowiednie do szkoły. Kiedy moi chłopcy chodzili do szkoły, takie sandały nie były dozwolone. Trzeba było przestrzegać zasad. Wszystko się zmienia, zawsze na gorsze". Nachyliła się. "Poza tym, to dziecko z trudem nadążało, a oni dopiero co wyszli z domu i miała ze sobą tę lalkę.

"A co z poprzednim dniem, widziałaś coś lub słyszałaś? Znał jej typ. Abe miał rację. Judy Smith nie miała nic lepszego do roboty niż wtykanie nosa w cudze sprawy. Nie była to cecha, której szukał u przyjaciela czy sąsiada, ale w tym przypadku mogła być jego jedynym tropem.

Zastanowiła się nad tym. "Dzień wcześniej nic. Nikt nie przyszedł ani nie wyszedł". Zawahała się. "Ale dzień wcześniej coś sobie przypomniałam. Napijesz się herbaty? Odwróciła się nieco, by popatrzeć na przechodzącego kota.

"Nie, dziękuję - powiedział. "Proszę, kontynuuj."

"W czwartek byłem na zewnątrz i zbierałem robaki dla mojego syna.

Podniósł wzrok znad notatnika.

"Mój syn łowi ryby w dni wolne. Lekarz powiedział, że to w porządku, że zbieram robaki".

Przytaknął. "Tylko fakty, proszę." Tak bardzo chciał, żeby przeszła do rzeczy.

"Słyszałam krzyki i podniesione głosy.

Usiadł, znów zainteresowany. "Kobiece? Dziecka?

"Tak, kobiety. I mężczyzny.

Skinął głową, by kontynuowała.

"Skończyłam zbierać robaki i wszystko ucichło. Wróciłem do środka.

"Jakiś pomysł, kim był mężczyzna lub kiedy przybył?

Zmarszczyła brwi. "Mężczyźni przychodzili i wychodzili z tego domu. Potrzebowałabym obszernej listy, by móc to śledzić. Podniosła powieść w miękkiej oprawie i zaczęła się wachlować. "Pamiętam coś jeszcze. Właśnie do mnie dotarło. W piątek około południa, kiedy wróciła - pani Walker, czekał na nią samochód. Wpuściła go do garażu.

"I co się stało?"

"Zasnęłam. Czasami śpię tutaj na moim krześle. Ale słyszałam to wyraźnie - dudniący dźwięk. Jak kosiarka do trawy, albo..."

"Piła?"

"To mogła być piła".

"Och - powiedział. "Widziałaś, jak pojazd odjeżdża?"

"Nie. Drzwi frontowe otworzyły się z łoskotem, a następnie zatrzasnęły. "Charlie?" zawołała. Charlie był jej synem taksówkarzem i po przedstawieniu się opowiedziała mu o rozmowie.

"Wróciłem do domu na lunch w piątek po południu - powiedział. "Mama usnęła na krześle, ale obudził ją dźwięk. Usłyszałem go, gdy wychodziłem z samochodu. Zdecydowanie brzmiało to jak piła mechaniczna".

"Oboje jesteście pewni czasu?"

Przytaknęli.

Na górze Miller usłyszał szuranie krzesła o podłogę. "Czy w domu jest ktoś jeszcze?

Po raz pierwszy kobieta wydawała się zdenerwowana i zaciskała ręce, gdy mówiła. "Tak, to mój drugi syn. Zaraz wstanę! - krzyknęła, nie próbując wstać.

W domu rozległ się dźwięk przypominający rżenie rannego zwierzęcia. Po dwóch próbach stanęła na nogi. "Mówią, że nie jest z nim wszystko w porządku, ale to wciąż mój syn.

"W porządku, mamo - powiedział Charlie, klepiąc ją po ramieniu, gdy przechodziła obok.

"Chciałabym go poznać - powiedziała Miller.

"Jasne - chodź na górę - powiedziała Judy, wchodząc po pierwszych schodach, trzymając się poręczy po obu stronach. Miller szedł z tyłu. Kiedy dotarła na szczyt schodów, zapukała delikatnie przed wejściem. "Mamy gościa, który chce się z tobą zobaczyć, kochanie, to policjant.

Miller szturchnął ją i wyciągnął rękę do mężczyzny, który nie odwzajemnił przysługi. Zamiast tego usiadł z palcami prawej ręki na klawiaturze małego laptopa. Mężczyzna wyglądał przez okno, gdy przejeżdżał samochód i klikał na klawiaturze.

Przeszedł przez pokój, aby przyjrzeć się bliżej. Mężczyzna wpisywał numer rejestracyjny radiowozu stojącego na zewnątrz. Nie tylko tego radiowozu, ale każdego pojazdu, który widział. "Interesują cię pojazdy czy numery rejestracyjne?" zapytał.

"Nie, nie, nieee!" krzyknął, uderzając się obiema pięściami po bokach głowy.

"Gerald, przestań! - powiedziała jego matka, łapiąc go za obie pięści, a gdy się uspokoił, pocałowała go w czoło i puściła. "Ten miły pan okazał tylko zainteresowanie twoją pracą.

Gerald stukał w klawiaturę.

"Idziemy, nie bądź już niegrzeczny i nie zawstydzaj matki. Kontynuuj swoją wspaniałą pracę. Zamknęła za nimi drzwi. Na schodach powiedziała: "On ma problemy".

"Czyż nie wszyscy? - odpowiedział Miller. Teraz z powrotem w salonie, Charliego już tam nie było.

Poczekał, aż usiądzie, zanim sam usiadł. "Nazwałeś to, co robił pracą, co miałeś na myśli?"

"Słyszałeś kiedyś o terminie hexakosioihexekontahexaphobia lub triskaidekaphobia?" zapytała.

"Obawiam się, że nie. Ale fobia się wyróżnia. On ma fobie, o co chodzi?".

"Boi się liczb takich jak sześćdziesiąt sześć i trzynaście. Nie ma rymu ani powodu, dlaczego. Kiedy spotkał się z psychiatrą, zasugerowała, żeby zapisywał litery lub cyfry. Zapisuje numery tablic rejestracyjnych, są dla niego najłatwiejsze do zobaczenia, ponieważ przez większość czasu przebywa w swoim pokoju".

"To może być dla nas korzystne, aby zobaczyć, co nagrał. Jak długo to robi?

"Lata i tak, można to zorganizować, jeśli to pomoże."

"Nie wiem, czy wiesz, ale Jennifer Walker zaginęła. Przydałyby się wszelkie informacje na temat tego, co się z nią dzieje".

Wręczył jej swoją wizytówkę. "Tam jest mój adres e-mail. Jeśli możesz wysłać mi plik, nie musi być poprawiony ani ładny. Pozwolę moim ludziom przejrzeć je i sprawdzić, czy jest coś, co możemy wykorzystać".

Odprowadziła go do drzwi i pomachała na pożegnanie. Gdy odchodził, Miller zobaczył, jak zasłony na górze uchylają się nieco, a potem znów zamykają.

Ten młody człowiek na górze miał skarbnicę informacji. Prawdopodobnie zapisywał każdy numer rejestracyjny każdego pojazdu, który kiedykolwiek pojawił się na ulicy.

Zastanawiał się, czy sąsiedzi wiedzieli, że pojazdy ich i ich gości są oznakowane. Uśmiechnął się. Gdyby wiedzieli, z pewnością by im się to nie spodobało - i prawdopodobnie było to sprzeczne z każdym istniejącym prawem dotyczącym prywatności. Mimo to miał morderstwo do rozwiązania i zaginioną kobietę do odnalezienia - i użyłby wszelkich środków, jakie mógłby zdobyć, aby znaleźć przyczynę.

Gdy wracał na posterunek, pomyślał o tym, jak łatwo Abe znalazł wścibskiego sąsiada. Miał dobry instynkt i szybko się zorientował, a to była jego pierwsza wizyta w okolicy. To była uczciwa ocena, że wszyscy sąsiedzi wiedzieli o zwyczaju Judy Smith wściubiania nosa w ich życie. Czy to dlatego ktokolwiek pociął ciało, zostawił je pod kołdrą, zamiast się go pozbyć?

Wrócił na posterunek. Bez względu na to, jak bardzo się starał, nie mógł pozbyć się odoru śmierci z nozdrzy. Sprawdził pocztę, nic od kobiety Smitha.

Nie mając żadnych wiadomości ani nowych informacji do sprawdzenia, poszedł do kostnicy. W razie czego mógł przekazać im najnowsze informacje - Jennifer Walker nosiła perukę. Teraz będzie musiał poszerzyć zakres.

Niewiele więcej mógł zrobić, dopóki nie zidentyfikują zmarłego. Żałował, że nie pamięta, gdzie go widział. Pamięć była poza zasięgiem.

Jedno wiedział na pewno, ten człowiek nie miał nic dobrego na myśli.

ROZDZIAŁ 24

ABE ORAZ EL

P O POWROCIE DO DOMU Abe udał się prosto do swojego biura. Potrzebował czasu w samotności, aby przetworzyć wszystko, co zobaczył.

"Puk, puk - powiedziała El, wchodząc do środka. "Wyglądasz na zmartwionego, kochanie - delikatnie masowała ramię męża.

"Po prostu myślę - powiedział, prostując się na krześle. El kontynuowała masowanie jego ramion, a następnie jej ręce przeniosły się na jego szyję.

Kiedy jej palce zaczęły boleć, zapytała: "Chcesz filiżankę gorącej herbaty?".

Abe wstał. "Chciałbym, ale sam ją sobie przyniosę". Wyszedł z biura.

El podążyła za nim: "Może ja ci zrobię? Mnie też przydałaby się filiżanka herbaty.

"Nie, pozwól mi - powiedział Abe, gdy zbliżali się do kuchni. El podążała tuż za nim.

"Przestaniesz się wygłupiać!" powiedział Abe, raczej głośniej niż się spodziewał.

"Wszystko w porządku? zapytał Benjamin.

El odpowiedziała: "Wszystko jest w porządku. Decydujemy, kto robi lepszą herbatę. Jak na razie Abe uważa, że wygrywa. A teraz wracaj do oglądania swojego meczu".

Benjamin i Katie znudzeni telewizją wyłączyli ją i zaczęli grać w warcaby.

"Nie pozwól mi wygrać tym razem!" powiedziała Katie.

"Nigdy!" powiedział Benjamin, ponad brzękiem i zgrzytem filiżanek i spodków w kuchni.

Kilka chwil później El pojawiła się w salonie. "Kto wygrał?" zapytała.

"Ciii - powiedziała Katie. "On się koncentruje.

Benjamin uśmiechnął się.

"Na zewnątrz jest piękny słoneczny dzień i myślę, że powinniście wyjść na świeże powietrze. A może pokopać piłkę!

"Sprytny pomysł. Chodź! powiedział Benjamin.

"Mówi tak tylko dlatego, że wygrywam!" Katie gruchnęła, wychodząc za nim przez drzwi do ogrodu.

Z szafki z alkoholem w rogu tego samego pokoju, El nalała do szklanki kieliszek ulubionej pięćdziesięcioletniej szkockiej Abe'a. Dodała odrobinę napoju gazowanego. Zaniosła mu ją.

"Pomyślałam, że może coś mocniejszego uspokoi twoje nerwy.

Uśmiechnął się i podziękował, dotykając jej dłoni. "Przepraszam, El.

Pocałowała go w czoło, po czym podeszła do kuchennego okna, które wychodziło na ogród. El roześmiała się i wkrótce dołączył do niej Abe. Razem obserwowali dwójkę dzieci biegających i bawiących się w ogrodzie.

Abe wypił kilka łyków i zrelaksował się, mając nadzieję, że worek na zwłoki, który widział w domu, nie zawierał martwego ciała matki Katie, Jennifer Walker.

ROZDZIAŁ 25

SGT. MILLER

MILLER PRZYBYŁ DO KOSTNICY i odbył krótką rozmowę z szefem patologii sądowej J. T. Pattersonem, który następnie musiał go opuścić, aby zająć się identyfikacją.

Chwilę później technicy autopsyjni przybyli z workiem na zwłoki z domu Walkerów. Dołączony był do niego arkusz identyfikacyjny i pojemnik oznaczony jako rzeczy osobiste. Fotograf zrobił zdjęcia podczas usuwania plomby. Następnie ciało zostało umieszczone na stole do badań. Miller nie wchodził im w drogę, podczas gdy ciało było rozpakowywane przez dienerów.

Patterson wszedł do pokoju i odciągnął go na bok. "Funkcjonariusz OPP jest na górze, w pokoju obserwacyjnym. Właśnie zidentyfikował ciało swojej żony.

"Levesque?" zapytał Miller.

"Tak, znasz go?"

"Nie, ale to ja zgłosiłem ciało i na podstawie informacji, które widziałem w bazie danych, pomyślałem, że to ona.

"Czy mógłbyś z nim porozmawiać? Stamtąd będziesz mógł zobaczyć wszystko, co dzieje się na dole. Minie trochę czasu, zanim zaczniemy sekcję zwłok".

"Jasne."

"Gdy zaczniemy, nie krępuj się zadawać pytań. Będziemy w stanie cię wysłuchać i odpowiedzieć, choć nasze odpowiedzi mogą nie być natychmiastowe. Naszym priorytetem jest ciało tej osoby".

"I słusznie - powiedział Miller. Następnie opuścił pokój, zatrzymując się na chwilę po drodze, aby wziąć kubek gorącej herbaty z automatu. Podał go Levesque'owi, przedstawił się, a następnie powiedział: "Przykro mi z powodu pańskiej żony".

"Merci. Była dla mnie wszystkim, monde entier. Nasze dzieci też nie przeżyły. To złamało jej serce. Dlatego przeprowadziliśmy się tutaj, aby zmienić scenerię i zacząć od nowa". Zwalczył szloch, po czym wziął łyk gorącej herbaty. "Dobrze - powiedział.

"Bardzo mi przykro.

"Dziękuję.

Miller i Levesque siedzieli obok siebie, podczas gdy personel na dole przygotowywał się do rozpoczęcia sekcji zwłok.

"Możemy iść gdzieś indziej?" powiedział Miller.

"Nie, to nie moja żona. Nic mi nie jest."

Patterson wrócił do sali sekcyjnej na dole, ubrany w kombinezon, znak chirurgiczny, rękawiczki i wysokie czarne buty. Miller i Levesque obserwowali, jak pobierają próbki i wkładają je do pojemników, które następnie umieszczono w szafkach bezpieczeństwa biologicznego.

Kiedy wydawało się, że kończą, Miller zapytał: "Uh, co wiesz do tej pory?".

"Dzięki za czekanie," powiedział Patterson. "Na podstawie siniaków wokół nosa i ust oraz przekrwionych oczu, śmierć przez uduszenie jest wysoce prawdopodobna. Musimy jednak poczekać na próbki krwi z laboratorium, aby to potwierdzić.

"Więc był martwy, zanim został przecięty na pół?"

"Powiedziałbym, że tak - potwierdził Patterson.

"Znam tego człowieka - powiedział Levesque, prawie rozlewając swoją filiżankę herbaty, którą teraz postawił na półce.

Miller podszedł bliżej. "Kim on jest? Rozpoznałem go, podobnie jak moi oficerowie, ale żaden z nas nie mógł sobie przypomnieć, gdzie go widzieliśmy.

"Nazywa się Mark Wheeler. Badaliśmy jego i jego wspólników w handlu narkotykami. Jest synem F.D. Wheelera, miliardera i magnata medialnego.

Miller przypomniał sobie, że spotkał zarówno ojca, jak i syna na imprezach fundraisingowych. "Czy nazwisko Jennifer Walker coś ci mówi?

"Tak, była jego ostatnią zdobyczą - jego dodatkiem. Co się z nią stało?

"Znaleźliśmy go w takim stanie w jej domu, a ona zaginęła.

"Czy jest podejrzana?"

"Zdecydowanie. Jego ciało zostało przecięte piłą na pół. Ułożone na łóżku, jakby siedział obok siebie.

"Brzmi jak oświadczenie.

"Oświadczenie złożone przez kogo? I dla kogo?"

"Tego nie wiem - powiedział Levesque.

Miller dodał. "Jennifer Walker miała małą dziewczynkę; wiedziałeś o tym?

"Nie, nie wiedziałem. Czy ona też zaginęła?

"Nie, jest bezpieczna, ale nie ma śladu jej matki. W tym domu panował bałagan. Nie może tam wrócić.

Levesque wstał. "Przykro mi to słyszeć, ale czekają na mnie w domu pogrzebowym. Jeśli wymyślę coś, co może pomóc, dam ci znać. Dziękuję za miłe słowa i za filiżankę herbaty. Wrzucił pustą filiżankę do kosza i wyszedł z pokoju.

Patterson widząc wychodzącego Levesque'a powiedział: "Zadzwonię do ciebie, gdy będziemy wiedzieć coś na pewno. Nie ma sensu tu siedzieć. Miną dni, zanim laboratorium otrzyma wyniki dotyczące niektórych rzeczy, innych, może godzin, jeśli będziemy mieli szczęście".

"Dzięki.

Miller wrócił na stację i wpisał nazwisko Marka Wheelera do bazy danych. Było o nim mnóstwo informacji, zarówno dobrych, jak i złych. Przeważnie jednak złych, ponieważ był on mocno zaangażowany w narkotykową grę. Spędził popołudnie wypełniając raporty i wysłał kilku funkcjonariuszy, aby powiadomili najbliższych krewnych.

Miller kręcił się po posterunku, sprawdzając, gdzie jest potrzebny, gdy kilka godzin później zadzwonił Patterson. "Właśnie przyszły wyniki: przyczyną śmierci było uduszenie. Miałem rację - był martwy, kiedy przecięli go na pół".

ROZDZIAŁ 26

DOM SŁODKI DOM

Z BLIŻAŁA SIĘ PÓŁNOC. W domu panowała cisza, z wyjątkiem jednego dźwięku - odgłosu bosych stóp Abe'a uderzających o drewnianą podłogę, gdy chodził tam i z powrotem. Był w większości ubrany, poza skarpetkami i butami. Westchnął, założył ręce za plecy i zaczął iść. Następnie odwrócił się i poszedł w przeciwnym kierunku.

El była w koszuli nocnej, wklepując zimny krem w policzki i czoło. Podparła się poduszką i chwyciła książkę z poezją Mary Oliver z nocnego stolika i zaczęła czytać. Mimo że Mary była jej ulubioną poetką, El po prostu nie mogła skupić się na słowach ani rytmie wierszy.

Zamknęła książkę, podciągnęła kołdrę i patrzyła, jak jej mąż chodzi w górę i w dół. W końcu zapytała: "O co chodzi, kochanie?".

Abe zatrzymał się na chwilę, po czym wrócił do chodzenia.

"Powiedz mi. Wiesz, co mówią o dzieleniu się problemami."

"Nie mogę.

El zasunęła łóżko i założyła kapcie. Wzięła Abe'a za rękę i posadziła go na końcu łóżka. Uklękła i ujęła jego głowę w dłonie, po czym zaczęła masować jego skronie. Abe początkowo się opierał, głównie dlatego, że był zbyt zmęczony, ale wkrótce jego oddech się uspokoił. Rozpięła guziki i zdjęła jego koszulę, a następnie zastąpiła ją koszulą nocną. Spróbowała rozpiąć jego spodnie.

 "Resztę mogę zrobić sam - powiedział Abe, rozpinając spodnie i ściągając bieliznę.

El podniosła brudne ubrania i włożyła je do kosza na pranie. Kiedy wróciła, Abe stał jak mały chłopiec czekający, aż matka położy go do łóżka.

"Jak sobie życzysz - powiedziała, prowadząc go za rękę, puchnącą poduszkę i układając go pod kołdrą.

"Dziękuję, kochanie - powiedział, ziewając.

El wróciła na swoją stronę łóżka i zdjęła kapcie. Wślizgnęła się pod kołdrę, albo próbowała, ale jak zawsze jej mąż zgarniał większość ciepła.

Cicho przesunęła poduszkę, próbowała się uspokoić, ale nie mogła. Zamiast tego wsłuchiwała się w jego oddech, a potem wiedziała, że zasnął.

Światło księżyca wpadało przez zasłony, rzucając magiczny cień na jej stronę łóżka. Zasnęła, przypominając sobie dzień, w którym po raz pierwszy spotkała swojego męża.

Ona i jej ojciec pracowali w rodzinnej firmie. Sprzedawali tkaniny z całego świata i wszelkie akcesoria związane z szyciem. Jej ojciec szczycił się sprzedażą najnowszych i najbardziej aktualnych maszyn do szycia. Jej matka, której nie pamiętała, była inspiracją dla sklepu. Jej matka zmarła rodząc jej siostrę.

Kiedy po raz pierwszy założyli firmę, ona i jej ojciec wykonywali większość pracy. Jej siostra pomagała, kiedy tylko mogła. Najlepiej sprzedającymi się i najbardziej poszukiwanymi tkaninami były te importowane z Azji i Europy.

Pewnego dnia pojawił się sprzedawca tkanin: Abe. Jej ojciec poznał go na konferencji zakupowej w Nowym Jorku. Wysoko ocenił młodego człowieka, mówiąc, że urodził się, by być "dotykaczem tkanin".

"Chłopak ma talent" - powiedział jej ojciec. "To dar od Boga, aby wyczuwać jakość i rozpoznawać trendy, zanim staną się trendami w branży tkanin".

"Dlaczego go nie zatrudnimy, ojcze?" zapytała El.

"Nie sądzę, by było nas na niego stać. Ale zaprosiłem go na kolację. Możesz ugotować swojego specjalnego smażonego kurczaka, herbatniki i tłuczone ziemniaki. Przekonamy się, czy drogą do serca mężczyzny jest karmienie go".

Roześmiała się, ale była podekscytowana spotkaniem z tym nowym mężczyzną. Tego Abe'a z prezentem.

Tego popołudnia pojawił się w sklepie. Podejrzewała, że to on, niemal natychmiast. Miał nieco ponad metr wzrostu, ubrany był w szary garnitur, który leżał na nim jak druga warstwa skóry. Jego blond włosy były zaczesane do tyłu, schludne i nie naoliwione. Lgnęła do niego jak pszczoła do bazylii, patrząc jak przeczesuje palcami najdroższe importowane tkaniny.

Jej ojciec przeszedł przez sklep, by się z nim spotkać. "Witaj, Abrahamie - powiedział, gdy uścisnęli sobie dłonie. "To moja córka, El.

"Wolę być nazywany Abe - powiedział młody mężczyzna.

El zarumieniła się, nigdy wcześniej nie słyszała, by ktoś nie zgadzał się z jej ojcem. Nawet dziś, gdy myślała o tej chwili, jej policzki stawały się coraz cieplejsze.

Były też inne momenty. Mocniejszy moment, kiedy dostała gęsiej skórki na ramionach. To było magiczne połączenie. Byli dla siebie stworzeni. W prezencie ślubnym jej ojciec podarował im sklep.

Dwa lata później jej ojciec zmarł, a jej siostra wyprowadziła się, by założyć rodzinę z mężem. W międzyczasie ona i Abe kontynuowali działalność, w bardzo trudnych czasach.

El, która zawsze chciała mieć dzieci, nie mogła zajść w ciążę. Po przeprowadzeniu testów potwierdzono, że nie jest w stanie zajść w ciążę. Martwiła się, że rozczaruje Abe'a, ale on nie miał nic przeciwko - a jeśli tak, to nie dał tego po sobie poznać. Biznes stał się ich dzieckiem.

Po dziewiętnastu latach małżeństwa do sklepu wszedł młody chłopak. Abe przyglądał się obdartemu młodzieńcowi, spodziewając się, że coś ukradnie, gotów wezwać policję.

El zauważyła: "Spójrz, on też dotyka tkanin".

Podeszli do chłopca, który natychmiast zalał się łzami.

"Chcesz kubek kakao?" zapytała El.

Przytaknął i poszedł za nią do kuchni, a Abe podążył za nim. Przygotowała mu kubek gorącego kakao z dwoma kromkami tostów z masłem i usiedli razem przy stole.

Chłopiec sięgnął po kromkę chleba, po czym spojrzał na swoje brudne ręce i ukrył je.

"Łazienka jest na końcu korytarza - powiedziała El. "Możesz się tam odświeżyć.

Kiedy odszedł, Abe powiedział: "Mam nadzieję, że nie ugryzłeś więcej niż możesz przeżuć, kochanie. To oczywiste, że ucieka. Śmierdzi i czy nie powinniśmy zadzwonić na policję i pozwolić im dowiedzieć się, kim on jest?

"Jest mały i nieszkodliwy. Zobaczymy, czy zechce nam najpierw opowiedzieć o swojej trudnej sytuacji. Być może będziemy w stanie pomóc.

"Jak sobie życzysz - powiedział Abe, gdy chłopiec wrócił z czystymi rękami i lśniącą czystością twarzą.

Najpierw zjadł tosta, a potem dmuchnął na gorącą czekoladę i wypił ją. "Dziękuję."

"Nie ma za co - powiedziała El. "Czy jest ktoś, do kogo chciałbyś, abyśmy zadzwonili i przyjechali po ciebie? Twoja matka lub ojciec?

Wybuchnął płaczem. "Oni nie żyją.

El podeszła do niego i objęła go ramionami, gdy opowiadał o wypadku samochodowym, o opiece zastępczej, o wszystkim złym, co mu się przytrafiło. A przede wszystkim o tym, że nie mógł wrócić.

"Mam przyjaciela na posterunku - powiedział Abe. "Może będzie w stanie pomóc.

El trzymała chłopca w ramionach, podczas gdy oni czekali na przyjaciela Abe'a. "To miły człowiek - powiedziała. "Będzie wiedział, co zrobić. Chłopiec wtulił się w nią.

Sierżant Miller przybył jakiś czas później, do tego czasu El już zaoferowała chłopcu wolny pokój, dopóki nie uda się załatwić czegoś bardziej trwałego. W ten sposób stali się rodziną.

Teraz wszyscy polegali na sobie nawzajem, a sklep nie sprzedawał już tkanin. Mimo to miała w swoim życiu dwie osoby zajmujące się tkaninami i kto wie, kiedy ich talenty znów będą potrzebne. Wiedziała, że wszystko jest cykliczne.

El spojrzała w dół na śpiącego męża. Pocałowała go w palec i przycisnęła do jego czoła, uważając, by go nie obudzić. Uśmiechnął się, gdy Katie krzyknęła na korytarzu.

ROZDZIAŁ 27

KATIE

"K ATIE," WYSZEPTAŁ GŁOS. "KATIE."

"Mamusiu, gdzie jesteś?"

Dziewczynka przetarła oczy, początkowo nie mogąc sobie przypomnieć, gdzie jest. Odrzuciła kołdrę i weszła na zimną podłogę. Następnie przeszła na drugą stronę pokoju i zapaliła światło. Teraz skierowała się w stronę okna, w którym powiewały zasłony.

"Mamusiu, to ty?"

Otwór wentylacyjny w podłodze pod oknem i emanujące z niego ciepło przyciągały ją jak magnes. Kiedy na niego weszła, jej koszula nocna podwinęła się wokół niej, wypełniając się ciepłem.

"Katie - szepnął ponownie głos. "Gdzie jesteś, Katie?

"Idę, mamusiu - powiedziała, próbując wyjrzeć przez okno, ale było zbyt wysoko, by mogła je dosięgnąć.

"Czekam na ciebie - powiedziała jej matka. "Czekam tutaj."

Szaleńczo pragnąc ją zobaczyć, dziecko szukało czegoś, na czym mogłoby stanąć. Zdjęła ze stołu wazon ze słonecznikami i przeciągnęła go pod okno. Przysunęła do niego łóżko. Stanęła najpierw na łóżku, potem na stołku. Rozsunęła zasłony. Na ulicy poniżej było zupełnie ciemno, poza blaskiem latarni.

"Mamusiu!" zawołała, próbując otworzyć okno. Kiedy nie mogła dosięgnąć górnego zamka, zacisnęła pięści i zaczęła walić w szybę.

"Katie - wyszeptała jej matka. "Katie".

"Poczekaj, mamo, proszę, poczekaj na mnie.

Zeszła ze stołu, na łóżko, na podłogę i podeszła do półki z książkami. Podniosła obiema rękami podpórkę do książek w kształcie litery A. Położyła ją na łóżku, podczas gdy sama na nie weszła. Następnie położyła ją na stole, po czym wspięła się na niego. Podniosła literę A i rzuciła nią w szybę.

Szkło roztrzaskało się zarówno w środku, jak i na zewnątrz, łapiąc ją i otaczający ją obszar odłamkami.

"Mamusiu!" zawołała.

Wciąż spała, trzęsąc się i wyglądając przez rozbite okno.

ROZDZIAŁ 28

EL ORAZ KATIE

E L I WKRÓTCE BENJAMIN ruszyli korytarzem do pokoju małej Katie. Kiedy ją znaleźli, oświetloną przez księżyc, zwiniętą w kłębek na podłodze obok przewróconego stolika. Jej blond włosy i koszula nocna poruszały się razem, jakby powiew wiatru z okna łączył się z oddechem dziewczynki. Zauważyli krew zbierającą się wokół niej. Jak duch wstający w nocy, wstała i zawołała: "Mamusiu!".

"Ostrożnie, nie obudź jej - szepnęła El.

Patrzyli, jak wąsy z zasłon unoszą się w jej kierunku. Wyraz jej twarzy, puste spojrzenie w nicość przeraziło Benjamina. Na kilka sekund zapomniał o oddychaniu.

Cień księżyca dryfował nad nią. Podkreślał jej obrażenia. Wyglądała jakby była na wyspie, otoczona szkłem.

Benjamin przepchnął się obok, "Stój, nie ruszaj się", wyszeptała El, ale on nie posłuchał. Przetoczył się przez podłogę i wciągnął Katie w ramiona. Jej ciało zwiotczało. Stał tam i czekał, nie mogąc się ruszyć ze strachu szepcząc jej imię.

El wrócił, niosąc apteczkę.

Położył ją na łóżku.

"Nalej mi ciepłej wody do miski. Nie ruszył się. "Benjamin, ciepła woda. I ściereczkę do twarzy i ręczniki.

Skinął głową i wyszedł z pokoju, podczas gdy El oceniała sytuację. Szkoliła się na pielęgniarkę, dawno, dawno temu, zanim poznała Abe'a. Miała nadzieję, że pamięta, co robić.

Z zamyślenia wyrwał ją dźwięk kropelek krwi, rozbryzgujących się na czystej, białej pościeli. Zaczęła pracować nad ranami, używając pęsety do usuwania małych odłamków. Katie nadal spała.

"Musiała lunatykować - wyszeptał Benjamin.

"Przytrzymaj ją, żebym mógł sprawdzić, czy nie ma kawałków szkła i je usunąć.

"Powinniśmy zadzwonić pod 911?"

"Nie sądzę - powiedziała El - Myślę, że sobie poradzimy. Kontynuowała, aż wszystkie rany zostały zdezynfekowane i owinięte.

Katie jęknęła, ale się nie obudziła.

ROZDZIAŁ 29

STŁUCZONE SZKŁO

"MUSIMY JĄ TERAZ OBRÓCIĆ na bok - powiedziała El.

Benjamin podparł Katie na boku, podczas gdy El zbadał jej stopy. Tylko kilka odłamków szkła przebiło się przez powierzchnię stóp Katie. Większość była po prostu przyklejona do skóry blisko powierzchni i łatwa do usunięcia.

Kilka razy jej oddech stał się szybszy, ale nie otworzyła oczu. El położyła ciepłą szmatkę na stopach Katie i owinęła je teraz, gdy krwawienie ustało. Następnie uniosła obie stopy na poduszce.

"Zostanę tu całą noc - powiedziała El. "Nie chcę ryzykować, że zostawię ją samą lub obudzę, gdy wstanę z łóżka.

Benjamin poszedł przyjrzeć się bliżej rozbitemu oknu. Na początku myślał, że ktoś próbował się włamać, ale potem zobaczył podpórkę na podłodze. Podniósł ją i odłożył z powrotem na półkę. "Zaraz wracam - powiedział.

Poszedł do piwnicy. Znalazł arkusz plastiku nadający się do zaklejenia okna taśmą maskującą, dopóki nie będą w stanie go naprawić. Po zaklejeniu go, zmiótł tyle szkła, ile zdołał.

Wyczerpany, znalazł miejsce na końcu łóżka i zasnął.

Wiatr co jakiś czas świszczał przez szczeliny w taśmie maskującej, ale nikogo z trójki śpiących to nie obudziło.

ROZDZIAŁ 30

WAKEY-WAKEY

D ŹWIĘK NIEBIESKIEJ SÓJKI ŚPIEWAJĄCEJ za oknem sypialni sprawił, że Abe otworzył oczy. Ziewnął i przeciągnął się. Zauważył, że nie ma żony i zawołał ją. Kiedy nie odpowiedziała, zauważył, że nie ma jej kapci. "El!" zawołał idąc korytarzem.

Dochodząc do pokoju Katie, zatrzymał się i zajrzał do środka. El tam była, Benjamin też.

"El?" wyszeptał; nie obudziła się.

Wtedy usłyszał gwizd, po którym nastąpiło trzepotanie klap. Podszedł do okna, by to sprawdzić.

Zasłony były przekrzywione, a szyba została tymczasowo naprawiona plastikiem i taśmą maskującą. Nie mogąc nic z tego zrozumieć, wyszedł z pokoju, zamykając za sobą drzwi i udał się do kuchni.

Słońce wschodziło na błękitnym niebie, a on napełniał czajnik i patrzył, jak nastaje nowy dzień. Teraz na jego liście rzeczy do zrobienia było zadzwonienie do ubezpieczyciela, aby przyjechał i ocenił szkody, ale najpierw musiał dowiedzieć się, co się stało.

Burczało mu w brzuchu, więc wrzucił dwie kromki tostów i nacisnął dźwignię. W drodze do lodówki wziął kubek i łyżkę. Podczas gdy czajnik się kończył, wyjął mleko i masło z lodówki i włożył torebkę herbaty do kubka. Nalał gorącej wody, gdy chleb skończył się opiekać.

"Dzień dobry - mruknął Benjamin.

"Dzień dobry, synu - powiedział Abe.

Coś niesłyszalnego od Benjamina.

"Usiądź teraz, czajnik jest gorący, a ja naleję ci filiżankę herbaty.

Benjamin posłuchał bez słowa.

"Chcesz kawałek tosta?

Nastolatek skinął głową.

Abe wyjął tosty i zjadł jedną kromkę, a potem drugą. Włożył torebkę herbaty do drugiego kubka i wlał wodę, mieszając ją tak, aby parzyła się bardzo szybko.

Starszy mężczyzna wiedział, że czas jest tutaj najważniejszy, w przeciwnym razie Benjamin znów zaśnie, a wtedy będzie bezużyteczny przez resztę dnia. Kiedy herbata była gotowa, Abe wyjął torebkę z kubka, dodał dwa cukierki, a następnie chlapnął mlekiem.

Abe wziął dłonie chłopca, które spoczywały na stole, i położył je jedna po drugiej na kubku z gorącą herbatą. Patrzył, jak Benjamin wącha parujący napar i ożywia się, zanim wziął łyk.

Widząc, że chłopak już się obudził, Abe poszedł dokończyć przygotowywanie tostów.

Abe obserwował, jak Benjamin zmienia się, wracając do krainy żywych z minuty na minutę. W międzyczasie wypił herbatę i zjadł resztę tostów.

Mijały chwile, gdy słońce wpadało przez okno i tańczyło na profilu młodego mężczyzny. Kiedy wydawało się, że może prowadzić rozmowę, a może było to pełne nadziei myślenie, Abe zapytał: "Czy zamierzasz mi powiedzieć, co wydarzyło się w pokoju Katie zeszłej nocy!".

"Nie."

"Cóż, ja nigdy."

"Nie, chyba że powiesz mi, co wydarzyło się wczoraj w domu Katie.

"Widzę, że jesteś jeszcze bardziej rozbudzony niż myślałem - powiedział Abe ze śmiechem. "Ale nie mogę."

"A dlaczego nie?" powiedział Benjamin, wgryzając się w tosta. Chrupkość i słone masło smakowały tak dobrze.

"Ponieważ mój stary przyjaciel, sierżant Miller, przysiągł mi dochować tajemnicy. Gdybym mógł ci powiedzieć, zrobiłbym to. A teraz powiedz mi, co się stało z tym oknem. Muszę zadzwonić do ubezpieczyciela, a nie mogę tego zrobić, dopóki nie powiesz mi, co się stało".

Benjamin kontynuował jedzenie tostów.

"Chcesz zagrać w grę pytań? Pytanie numer jeden: czy ktoś próbował się włamać i zabrać dziecko?".

Benjamin, który skończył już herbatę i tosty, odchylił się do tyłu na krześle, zakładając ręce za głowę.

"Myślę, że musiała spać. Z tego co widziałem, to właśnie podpórka do książek została użyta do rozbicia okna. Nie potrafię jednak zrozumieć dlaczego. Nic z tego nie ma sensu".

"Biedne dziecko. Dlaczego mnie nie obudziłeś?

Benjamin odchylił się jeszcze bardziej do tyłu, tak że przednie nogi krzesła kuchennego uniosły się z ziemi. "Sierżant Miller nigdy by się nie dowiedział, że mi coś powiedziałeś.

"Zaufanie to zaufanie. Albo to robisz, albo przysięgasz. Albo nie. To zależy od tego, jaką jesteś osobą. Ja dotrzymuję słowa i mój przyjaciel też. Sierżant Miller i ja ufamy sobie nawzajem i tak jak ty i ja dotrzymujemy słowa". Abe ponownie napełnił filiżankę z imbryka. "Szczerze mówiąc, niewiele wiem. Kazał mi nawet zostać w samochodzie, z dala od niebezpieczeństwa. Mogę tylko przypuszczać, co wiem na podstawie tego, co się dzieje, ale nie chcę przekazywać żadnych błędnych informacji.

"Musiałeś coś widzieć lub słyszeć - powiedział Benjamin, po czym rozległo się siorbanie. Wiedział, że Abe nie ma zamiaru łamać zaufania przyjaciela i zmienił temat.

"Wszystko wydarzyło się tak szybko, z Katie. Krzyknęła i przybiegliśmy. Miała kawałki szkła w stopach. El je wyciągnął. Nie wiedziałem, że ma wykształcenie pielęgniarskie i na pewno się przydało. Opanowaliśmy sytuację i nie było sensu cię budzić.

"Czy była ciężko ranna? Widziałem krew na podłodze.

"El potwierdziła, że jej obrażenia były niewielkie. Katie przespała całą sytuację, podczas gdy El wyciągała odłamki szkła pęsetą, a nawet gdy nakładała środek dezynfekujący na skaleczenia.

"Zauważyłaś - powiedział Abe - że dziecko mało się śmieje? Od czasu do czasu chichocze, ale nie śmieje się tak, jak powinno się śmiać dziecko".

"Każdy jest inny, może jest po prostu nieśmiała.

"Jest też smutek. To znaczy za jej oczami. Coś znajomego, a jednak przykuwającego uwagę.

"Nie mogę powiedzieć, że zauważyłem coś takiego, jesteś pewien, że to nie wyobraźnia?

"Widziałem to spojrzenie raz, kiedy po raz pierwszy do nas przyszłaś - zaoferował Abe.

"Ja?

"Może nie strach, może żal lub smutek, ale to było ciągłe, ból, wyrzuty sumienia, zaniedbanie. Wszystko w jednym. To wciąż jest w twoich oczach, ale twoja dusza również wygina strumień światła, który go obezwładnia, cokolwiek to jest. Odnalazłaś siebie, pokonałaś to, odnalazłaś swoją własną prawdę. Ale małą Katie trzeba uleczyć, zaopiekować się nią tak, jak ja zaopiekowałem się tobą".

Benjamin włożył kolejną torebkę herbaty do kubka, zamieszał kilka razy, po czym wyjął ją, dodał cukru i mleka, a następnie upił łyk. "Ona i El mają więź.

"Masz co do tego rację i lepiej przygotuję się do otwarcia sklepu. Daj mi znać, kiedy śniadanie będzie gotowe - powiedział Abe, wkładając naczynia do zlewu i poszedł przygotować się do pracy.

W pokoju rodzinnym Benjamin włączył telewizor. Natychmiast rozpoznał dom Katie. Wszędzie były kamery i media. Posesja była odgrodzona żółtą taśmą policyjną. Wiedział już, że stało się tam coś złego. Teraz chciał się dowiedzieć co. Podkręcił głośność. Podszedł bliżej.

Reporterka w granatowym garniturze i ciemnych okularach stała obok białej furgonetki, na której widniały inicjały lokalnej sieci telewizyjnej.

"Tu Carly Wright, donoszę z Ontario Street, gdzie niedawno znaleziono ciało. Mężczyzna został zidentyfikowany jako Mark David Wheeler. Jego najbliższa rodzina została powiadomiona. Policja poszukuje świadków, którzy widzieli, jak wchodził do domu za nami, którego mieszkankami są Jennifer i Katie Walker. (Obie zaginęły i ostatni raz widziano je w pobliżu nabrzeża w piątek rano".

Chwileczkę, na zdjęciu matka Katie miała blond włosy. Kiedy ją widział, jej włosy były czarne - czy tego dnia na nabrzeżu nosiła perukę? A jeśli tak, to dlaczego?

Dziennikarz kontynuował. "Mark Wheeler pochodzi ze znanej rodziny w tym regionie. Rodziny, która przez lata pomagała wielu organizacjom charytatywnym. Szczegóły pogrzebu i odwiedzin wkrótce. Jeśli ktokolwiek posiada informacje na temat pani Walker lub jej córki, proszony jest o kontakt z lokalną policją lub ze mną".

Objął się ramionami, myśląc o martwym ciele w domu Katie. Całe jego ciało zaczęło się trząść. Aby oderwać myśli od wiadomości, wrócił do kuchni i podłączył czajnik. Gdy się gotował, wyjrzał przez okno.

Promienie słońca całowały chodnik, wiewiórki zrywały liście, a ptaki przylatywały i odlatywały z karmnika. Nie mieli pojęcia, że popełniono morderstwo, a mała dziewczynka obudziła się z krzykiem i odłamkami szkła wbitymi w skórę. Ich życie toczyło się dalej w ten sam sposób, bez względu na to, co działo się z ludźmi w domach, które je karmiły.

Kiedy czajnik zagwizdał, wyłączył palnik, ale nie zrobił kolejnej filiżanki herbaty. Zamiast tego nadal obserwował normalność za oknem kuchni, nie myśląc o niczym innym, dopóki nie poczuł już potrzeby drżenia lub drżenia.

ROZDZIAŁ 31

KATIE ORAZ EL

"Mamo! Mamusiu!" Katie krzyczała z wciąż zamkniętymi oczami.

Gdy poranne słońce wpadało przez trzepoczący plastik, El trzymała Katie w ramionach. "Wszystko będzie dobrze, maleńka".

Katie otworzyła oczy - nie była w domu ani we własnym łóżku. "Mamusiu!" zawołała. "Gdzie jest moja mamusia?"

El puścił ją, kiedy się odsunęła.

Benjamin, który słyszał krzyki Katie, przejął kontrolę. "Katie, nic ci nie jest i wszyscy szukają twojej mamy. Pamiętasz El? I pamiętasz mnie, Benjamin?"

Katie wyciągnęła rękę i chwyciła dłoń Benjamina, a potem El. Przytuliła je do policzków, gdy popłynęły jej łzy, a potem zauważyła bandaże na dłoniach. Zrzuciła z siebie kołdrę i zobaczyła, że jej stopy są owinięte bandażami. "Co się stało?"

"Mieliśmy nadzieję, że nam powiesz - odpowiedział Benjamin.

Katie kopała nogami, usiłując zdjąć bandaże. Kiedy się poluzowały, próbowała zdjąć te na rękach. El chwycił ją za ręce, przykrył z powrotem jej stopy i nucił, by ją uspokoić. W ciągu kilku minut Katie oparła się o jej ramię i spokojnie odpoczywała.

Kilka chwil później Katie powiedziała: "Pamiętam, jak mama mnie wołała".

"We śnie?" zapytał Benjamin.

El zaczesała włosy Katie za ucho.

"Czy ja to zrobiłam?" - zapytała dziewczynka. "Czy wybiłam okno?"

"Uspokój się dziecko," powiedziała El. "Benjamin je naprawił i wkrótce będzie jak nowe. Nie ma znaczenia, jak zostało rozbite. Dla nas liczy się tylko twoje bezpieczeństwo. Okna zawsze można naprawić.

"Ale nie mnie?" zapytała Katie.

El przytulił ją. "Jesteś idealna taka jaka jesteś."

Benjamin zapytał: "Pamiętasz coś? Cokolwiek ze snu?"

"Mama mnie wołała, to wszystko co pamiętam".

Trio siedziało cicho. El myślała o tym, co mogło się wydarzyć. Benjamin myślał o tym, jak bardzo się cieszy, że nie została porwana ani ciężko ranna. Katie zastanawiała się, gdzie jest jej matka i co zjedzą na śniadanie.

"Jestem głodna - powiedziała, klepiąc się po burczącym brzuchu.

"Benjamin's piggy-backing company at your service" - powiedział.

Katie owinęła ramiona wokół jego szyi, trzymając się mocno i poszli do kuchni.

"Chciałabyś być moim małym pomocnikiem do naleśników? zapytał El. Katie skinęła głową i uśmiechnęła się; Benjamin znalazł dla niej miejsce na blacie. "To sekretny rodzinny przepis - powiedziała El, wbijając dwa jajka do mąki i zaczynając mieszać. Kiedy było gotowe, użyła chochli, aby wylać ciasto na gorący grill. "Dobra, czas je odwrócić. Widzisz jak bulgoczą?" Pomogła dziewczynce odwrócić naleśniki.

"To łatwiejsze niż myślałam" - powiedziała Katie. "Zwłaszcza z tymi dużymi rękawicami kuchennymi".

"Czy kiedykolwiek pomagałaś mamie gotować?

"Czasami, ale nigdy nie pozwalała mi siedzieć na blacie ani przewracać naleśników.

"Gotowanie może być zabawne.

"Nie krojenie cebuli - doprowadza mnie do płaczu i nie lubię jej smaku".

El roześmiał się. "Kiedyś pokażę ci sekret, jak kroić je pod wodą, żeby nie płakać". Potem do Benjamina: "Prawie gotowe, możesz dać znać Abe'owi?".

Katie roześmiała się. "Krojenie cebuli w wannie? To zabawne El. Moje stopy by śmierdziały".

"Nie, głuptasie. Mam na myśli w zlewie. Masz jednak rację, gdybyś kroiła je w wannie, na pewno miałabyś śmierdzące stopy i wszystko inne".

Katie i El zachichotały, gdy razem nakrywały do stołu. Wkrótce dołączyli do nich Benjamin i Abe. Wszyscy zjedli do syta, po czym Abe powiedział, że musi wracać do sklepu.

"Posprzątam - powiedział Benjamin. "Ale zajęłoby to połowę czasu, gdybyś mi pomógł.

"Klienci mogą poczekać - powiedział Abe.

"Ubierzmy cię - powiedział El do Katie i wyszli z kuchni.

Kiedy znaleźli się poza zasięgiem słuchu, Benjamin powiedział: "Musimy porozmawiać, Abe".

✳✳✳

"**C**O JEST?" ZAPYTAŁ ABE.

"Mężczyzna o nazwisku Mark Wheeler został znaleziony martwy w domu Katie. Było o tym w wiadomościach".

"Ach..."

"Czy to wszystko, co masz do powiedzenia?

"Muszę pomyśleć - powiedział Abe. "Równie dobrze mogę popracować, podczas gdy my posprzątamy.

Kiedy wszystko wróciło na swoje miejsce, Benjamin poszedł do salonu i włączył telewizor.

"Lepiej zamknij drzwi - powiedział Abe, co Benjamin zrobił.

"Myślałem, że musisz wracać do sklepu.

"Tak, ale mimochodem zobaczyłem, że lecą wiadomości. Przeszedł przez pokój i podkręcił głośność.

"Mogłem to zrobić z tym - powiedział Benjamin, trzymając konwerter.

"Już to zrobiłem - powiedział Abe, siadając.

Inny reporter, który przypominał Clarka Kenta, stał na trawniku przed posiadłością Walkerów.

Powiedział: "Rodzina Marka Wheelera jest dobrze znana w tej społeczności. Przez lata ich hojność wpłynęła na życie wielu ludzi poprzez darowizny na rzecz organizacji charytatywnych i fundacji. Jednak zarzuty dotyczące powiązań z narkotykami są przedmiotem dochodzenia".

"O nie - powiedział Benjamin.

"Ciii."

Reporter kontynuował. "Szukamy mieszkańców tego domu za mną. Jennifer Walker i jej córki Katie Walker". Podniósł zdjęcie. "Jeśli ktokolwiek widział lub ma jakiekolwiek informacje na temat miejsca pobytu Katie i Jennifer, prosimy o kontakt telefoniczny lub z lokalną policją."

"A jeśli ktoś widział nas na zakupach z Katie?

"Ciii."

"Każdy, kto ma informacje o Marku Wheelerze, może zadzwonić na poufną infolinię. Numer znajduje się na dole ekranu. Ponownie podniósł zdjęcie Jennifer i Katie. "Koniecznie musimy znaleźć tę dwójkę, zanim stanie im się krzywda. Proszę, jeśli jesteś tam i widziałeś lub wiesz cokolwiek o ich miejscu pobytu - zadzwoń na policję. Każda informacja może być pomocna. Nawet informacje, które wydają się nieistotne, mogą dać nam wskazówki, dzięki którym będziemy mogli im pomóc. Doug Falcon relacjonuje z SJB TV".

Abe i Benjamin milczeli przez kilka minut. Potem Benjamin przypomniał sobie, że matka Katie miała ciemne włosy w dniu, w którym ją widział, a na zdjęciu, które trzymał reporter, miała blond włosy. Benjamin wyjaśnił mu to wspomnienie.

"Tak, ta wścibska sąsiadka, z którą rozmawiałem, Judy Smith wspomniała o peruce".

"To znaczy, że powiedziałeś już o tym sierżantowi Millerowi?"

"Nie powiedziałem, ale prawdopodobnie powinienem".

"Zdecydowanie powinnaś poinformować sierżanta Millera o peruce. Ale co, jeśli ktoś wie, że Katie jest tu z nami? Co jeśli to dlatego okno zostało wybite zeszłej nocy? Katie powiedziała, że słyszała wołanie matki. Czy była na ulicy, pod pokojem Katie, wołając ją?"

Benjamin podskoczył.

"Przestań - powiedział Abe. "Po pierwsze, powiedziałeś, że podpórka została użyta do rozbicia okna od wewnątrz. Katie prawdopodobnie miała koszmar. Poza tym, sierżant Miller wie, że Katie jest z nami i nie pozwoliłby, aby ta informacja dotarła do kogokolwiek.

"Mimo to zabieraliśmy ją wszędzie. Do sklepu, do kawiarni. Ktoś na pewno to zauważył. To charakterystycznie wyglądające dziecko".

"Usiądź tutaj i nie martw się. Zadzwonię do sierżanta Millera, a jeszcze lepiej, wpadnę tam i zamienię z nim słowo".

Skierował się w stronę drzwi. "W międzyczasie zostań w domu i powiedz El, żeby sklep był dziś zamknięty.

"Jaki powód powinienem jej podać? Czy powinienem wyjaśnić wszystko, czego dowiedzieliśmy się o Wheelerze?

"Absolutnie nie. Upewnij się, że jeśli telewizor jest włączony, gdy Katie jest obecna, nigdy nie jest nastawiony na wiadomości.

"Tak zrobię.

NA POSTERUNKU POLICJI

ABE UDAŁ SIĘ NA posterunek policji, gdzie trwała konferencja prasowa. Na jej czele stał sierżant Miller. Miller stał za mównicą, a mikrofon był podniesiony na jego wysokość. Gromada reporterów wepchnęła się do środka z aparatami fotograficznymi. Jeden z reporterów wykrzyczał pytanie. Abe przepchnął się przez medialny cyrk, by wejść po schodach do budynku. Nienawidził tłumów, a przebywanie w centrum tego kompletnego chaosu nie było miejscem, w którym chciałby się znaleźć. Miller potwierdził obecność Abe'a skinieniem głowy, gdy ten wszedł do budynku.

Jeden z reporterów krzyknął: "A co z zaginionym dzieckiem? Jakieś poszlaki?"

Drugi reporter zawołał: "Co wiesz o dziewczynce i jej matce? Jak byli związani z Wheelerem?"

Miller podniósł rękę, aby uciszyć niesforną koronę. Kiedy się uspokoili, odpowiedział: "Proszę o jedno pytanie na raz. Po pierwsze, dziecko zostało zgłoszone jako zaginione - nie zaginęło. W rzeczywistości wiemy, gdzie ona jest, gdzie jest Katie Walker - jest pod bezpieczną opieką rodziny zastępczej".

Słyszalne sapnięcie kobiety w tłumie. Przez kilka sekund blondynka wyróżniała się spośród innych. Odwrócił wzrok na sekundę i już jej nie było.

"Czy Katie Walker została zbadana przez lekarza?" zapytał inny reporter.

"Wszystko w odpowiednim czasie," odpowiedział Miller. "Potrzebujemy twojej pomocy, aby znaleźć matkę dziecka. Nie mamy żadnych tropów".

Pamiętając, że matka Katie była blondynką, a nie ciemnowłosą, jak pierwotnie podano - przeskanował tłum w poszukiwaniu kobiety, którą wcześniej widział. Bez powodzenia. Nigdzie jej nie widział.

"Odpowiem na ostatnie pytanie i nie marnuj go na pytanie, gdzie jest dziecko, mogę tylko powiedzieć, że jest bezpieczne i ma się dobrze". Wybrał następnego reportera do zadania pytania: "Śmiało, Maggie". Znał Maggie z lokalnej gazety od lat. Nie była taka jak inni. Była prawdziwą dziennikarką.

"Dzień dobry, sierżancie Miller - powiedziała Maggie. Miller skinął głową.

Maggie zapytała: "Skoro dziecko, Katie, jest pod opieką, dlaczego tak długo zajęło ci udanie się do jej domu i zbadanie sprawy?". Chociaż Maggie się nie poruszyła, otaczający ją dziennikarze to zrobili. Szarpali się i przepychali, domagając się zbliżenia.

"Cóż, Maggie - powiedział Miller. "Dziecko, mam na myśli Katie Walker, zostało porzucone na nabrzeżu w piątek. O jej adresie dowiedzieliśmy się dopiero wczoraj".

"Nieprawda", krzyknął inny reporter.

"Wystarczy" - powiedział Miller, uderzając pięścią w podium i odsuwając się od mikrofonu.

Ten sam reporter krzyknął: "Rozmawialiśmy z sąsiadką, panią Judy Smith. Potwierdziła, że dzień wcześniej w domu był starszy mężczyzna. Ten sam mężczyzna, którego widziała wczoraj siedzącego w waszym radiowozie".

Miller szedł dalej, ignorując zgiełk, szczęśliwy, że reporterzy nie byli na tyle sprytni, by połączyć dwa i dwa, ponieważ mężczyzna, o którym mówili, właśnie prześlizgnął się obok nich i wszedł do budynku.

Zanim wszedł na stację, odwrócił się do reporterów. "Mieliście swoje pytania. Teraz pozwólcie nam wykonać naszą pracę, a wy wykonajcie swoją. Pomóżcie nam znaleźć matkę dziecka. Dziękuję za poświęcony czas". Przeszedł przez obrotowe drzwi i udał się do swojego biura.

Abe, który czuł się jak w domu, siedząc, wstał, by uścisnąć dłoń Millera. Widzieliśmy zdjęcie Katie w telewizji i słyszeliśmy o ciele martwego mężczyzny. Co za makabryczne znalezisko. Nic dziwnego, że byłeś taki cichy, kiedy odwoziłeś mnie do domu".

"Wszystko w ramach obowiązków służbowych - powiedział Miller. "Kawy? Abe odmówił machnięciem ręki. Miller kontynuował: "Reporterzy są głodni historii, jakiejkolwiek historii. Nie słyszałeś ostatniego pytania. Ta kobieta - twoja wścibska sąsiadka -

wspomniała, że odwiedziłeś dom i byłeś w moim radiowozie. Kiedy odjedziesz, musimy się upewnić, że wrócisz do domu, a nikt nie będzie cię śledził".

"O nie - powiedział Abe. Spojrzał przez biurko na swojego przyjaciela. Wyglądał, jakby postarzał się w ciągu ostatnich kilku dni. "Czy ty w ogóle spałeś? Wyglądasz jak cholera".

"Spać? Co takiego? Próbowałem poskładać wszystko do kupy, to trudna sprawa. Myśleliśmy, że mamy trop w sprawie matki, ale nic z tego nie wyszło. Jakby zniknęła bez śladu". Zadzwonił jego telefon. "Ok, dzięki za powiadomienie".

"Żadnych nowych tropów?

Miller pochylił się bliżej. "To był koroner. Nowe ciało. Na razie bez identyfikacji.

"Jakie jest twoje przeczucie? Czy to mama Katie?

"Nie mogę powiedzieć, bo nie wiem.

"A ten martwy mężczyzna, kim on był? To znaczy, znam jego nazwisko. Jest powiązany z narkotykami. Nie mogę uwierzyć, że jakakolwiek matka naraziłaby swoje dziecko na takie niebezpieczeństwo.

"Rzekomo. Kto wie, dlaczego ludzie robią to, co robią? Kiedy byliśmy w domu, na kominku było zdjęcie Katie i Marka. Wydaje się dziwne, że matka pozwoliłaby na to, gdyby zamierzała zabić swojego chłopaka. Przerwał, obawiając się, że mówi za dużo, po czym zmienił temat: - Ale tak, jego odciski zapaliły system. To motyw, który staramy się znaleźć.

"Motyw, jak zabójstwo mafijne?"

"Nie daj się ponieść wyobraźni - powiedział Miller. "Jeśli chodzi o motyw, to nie wiem". Sierżant Miller podniósł słuchawkę telefonu. Kiedy odebrała recepcjonistka, powiedział: "Tak, muszę wyprowadzić cywila z budynku". Wysłuchał, po czym odpowiedział: "Tak, tylnymi drzwiami. Upewnij się, że nikt go nie śledzi".

Abe wstał: "Mój drogi przyjacielu, idziesz ze mną. Założę się, że twoja żona i dzieci tęsknią za tobą i musisz się przespać".

Sierżant Miller zasadniczo zgodził się z Abe'em, ale miał zbyt wiele do zrobienia. Mimo to poświęcił trochę czasu, aby upewnić się, że jego przyjaciel bezpiecznie opuścił budynek i wrócił do domu.

"Wybrzeże jest czyste" - powiedział kierowca. Miller zamknął drzwi samochodu Abe'a, obserwował, aż samochód zniknie z pola widzenia, a następnie wrócił do swojego biura.

ROZDZIAŁ 33

BLOND RETROSPEKCJA

B YŁO PIĘKNE NIEDZIELNE POPOŁUDNIE i rodziny spacerowały po okolicy. Wiele z nich piknikowało, inne ćwiczyły lub wylegiwały się w pobliżu nabrzeża. Powietrze pachniało słodko, tak jak wtedy, gdy wiosna zmienia się w lato. Ptaki ćwierkały i fruwały na prawie każdym drzewie.

Na tylnym siedzeniu taksówki pewna kobieta obserwowała miasto. Żałowała, że nie ma wystarczająco dużo pieniędzy, by tu zamieszkać. Zatrzymując się na czerwonym świetle, obserwowała rodzinę rzucającą frisbee tam i z powrotem. Kiedy światło się zmieniło i samochód ruszył, obserwowała ich dalej, aż w końcu przestała ich widzieć.

W myślach zastanawiała się, co powie siostrze. Już wcześniej prosiła o pieniądze, a jej siostra dawała je - ale niechętnie. Głównie dlatego, że wiedziała, na co pójdą pieniądze, czyli na spłatę długów związanych z narkotykami. Jej starsza siostra w końcu się poddała. Mimo to nienawidziła być w sytuacji, w której musiała prosić. Zwłaszcza osobiście. Miała nadzieję rzucić okiem na małą Katie, kiedy tam będzie, może nawet się przedstawić. Teraz, gdy miała siedem lat, może nawet by ją zapamiętała.

Raz czy dwa kierowca spojrzał na nią w lusterku wstecznym. Poprawiła lustrzane okulary przeciwsłoneczne i dyskretnie otarła łzę.

"Na co się gapisz? - zapytała.

"Na nic - odpowiedział, skręcając w Ontario St. - Jakiego numeru znowu szukałaś?

Był to dom otoczony taśmą policyjną, z radiowozami na każdym kroku.

"Jedź!" - rozkazała. "Jedź!"

"Ok, ale dokąd teraz, proszę pani?" powiedział robiąc zawrót.

"Po prostu jedź, daj mi pomyśleć!" wykrzyknęła kobieta. Wyciągnęła telefon z brązowej torby i wybrała szybkie wybieranie. Dzwonił, dzwonił i dzwonił. Rozłączyła się, wbijając paznokcie w podłokietnik. Wzięła głęboki oddech i wybrała kolejny numer. Podobnie jak pierwszy, pozostał bez odpowiedzi.

"Proszę pani, muszę wiedzieć, dokąd zmierzam".

Krzyknęła: "Po prostu jedź, dopóki nie każę ci się zatrzymać".

"Dobrze pani, ty tu rządzisz". Jechał bez celu, zatrzymując się i ruszając, gdy światła zmieniały się z zielonych na czerwone. "Pojedziemy malowniczą trasą".

Wracali wzdłuż brzegów jeziora Ontario. Widząc licznik pieniędzy i rosnące koszty, sprawdziła w torebce, czy ma gotówkę. Jej karty kredytowe były już wyczerpane. "Gdzie jest posterunek policji?", zapytała.

"Kilka przecznic stąd".

"Zabierz mnie tam", powiedziała. Po drodze zastanawiała się, co powiedzieć, co im o sobie opowiedzieć. Zauważyła tłum blokujący front komisariatu, cały czas zastanawiając się, czy ma to coś wspólnego z domem jej siostry.

"Wypuść mnie, tam - zażądała, wręczając kierowcy garść monet i kilka pomiętych banknotów.

Spłaszczyła przód swojej sukienki, która teraz przylegała do niej statycznie. Za sobą usłyszała imię siostry i Katie. Ruszyła do przodu, czekając na to, co powie mężczyzna na podium.

Kiedy ujawnił, że jej córka ma się dobrze i jest w rodzinie zastępczej, prawie zemdlała. Wzięła kilka głębokich oddechów i opuściła teren, szczęśliwa w swoim umyśle, że jej córka ma się dobrze. Jeśli chodzi o kwestię zaginięcia jej siostry, cóż, wszystko wyjaśni się z czasem.

Szła dalej w kierunku przeciwnym do tego, w którym przyszła. Mając na sobie pięciocalowe obcasy, nie była przygotowana na długą wędrówkę gdziekolwiek. Bryza pieściła jej nagie ramiona i cieszyła się, że przynajmniej dziś nie ma szans na deszcz.

Zapach parujących, gorących burgerów wołowych, słodkiej cebuli i tłustych frytek w pobliżu sprawił, że jej żołądek zaczął warczeć. Idealne jedzenie na kaca. Praktycznie bez grosza teraz wdychanie kalorii będzie musiało wystarczyć. Aby odwrócić swoją uwagę, próbowała przypomnieć sobie numery osób, które jej zdaniem mogłyby jej pomóc, ale wynik był taki sam.

Dwa kroki dalej znalazła sklep z używanymi rzeczami. W oknie stała blondynka, ubrana jak się wydawało na imprezę. Spojrzała na twarz manekina, wyobrażając sobie, jak teraz wyglądałaby jej córeczka. Minęły lata, odkąd widziała jej zdjęcie.

Zablokowała to - jak zawsze, gdy sprawy stawały się dla niej zbyt trudne. "Podziel się". Tak zawsze radził jej psychiatra. Ale dom... widziała go, odgrodzony żółtą taśmą - taśmą policyjną - jak w CSI lub Murder She Wrote. To był dom jej siostry. Jej siostry, która była matką jej dziecka. Dziecka, o którym nikt nie wiedział.

Kilka drzwi dalej zebrał się tłum. Dołączyła do nich, widząc program informacyjny z napisami. Zdjęcie jej siostry i córki pod nagłówkiem "Osoby zaginione". Następnie zdjęcie Marka Wheelera pod nagłówkiem "Zamordowany, związek z narkotykami".

Te dwa incydenty były ze sobą powiązane. Teraz naprawdę wysiadły jej kolana i osunęła się na chodnik.

"Nic mi nie jest - powiedziała, gdy nieznajomi pomogli jej stanąć na nogi. Podziękowała im i chwiejąc się na nogach, odeszła.

Słyszała o Marku Wheelerze ze świata narkotyków. Teraz już nie żył. W jaki sposób jej siostra była z nim powiązana? Czy ona sama była powiązana? Była im winna pieniądze. Powiedziała, że je spłaci. To nie było nawet tak dużo. Jej siostra spłaciła swój narkotykowy dług raz, dwa razy - straciła rachubę, ile razy. Z pewnością nie poszliby po jej siostrę. Dzięki Bogu, że nie wiedzieli, że Katie należy do niej. Jeśli nie wiedzieli, to jak Wheeler skończyła martwa? Czy to powiązanie sprowadziło bandytów do domu jej siostry?

Starała się o tym nie myśleć, idąc Bóg wie dokąd. Oszołomiona, częściowo oszołomiona, przypomniała sobie dzień narodzin Katelyn. Była młoda, miała siedemnaście lat, zbyt młoda, by zostać matką, a jednak kiedy zobaczyła swoją córkę po raz pierwszy, poczuła wszystkie matczyne uczucia, które powinna czuć matka.

Siedemnaście lat wystarczyło, by urodzić dziecko i wzbudzić instynkt macierzyński, ale nie na tyle, by przekonać ją do zatrzymania noworodka. Do wychowania go. Ale ta mała twarzyczka. Jej zapach. Zapach różu. Gdy szła, trzymała telefon w ramionach.

Ze łzami w oczach mówiła sobie, żeby się otrząsnęła. Zrobiła wtedy najlepszą rzecz dla Katelyn, oddając ją starszej siostrze na wychowanie.

Zagubiona, nie mająca dokąd pójść, nie mająca z kim porozmawiać, obwiniała się za przyjazd do miasta. Za bycie uzależnioną od narkotyków. Za to, że poszła do domu siostry. Za wszystko - cały ten przeklęty kłębek wosku.

Wpadł na nią mężczyzna, który pachniał tak źle, jak wyglądał.

"Uważaj!" krzyknęła, powodując, że biedak rozpłakał się. Sięgnęła na dno torebki, znajdując kilka zabłąkanych monet i pastylkę na gardło i włożyła mu je do ręki.

"Dziękuję - powiedział mężczyzna, kołysząc się w przód i w tył. Dmuchnął na pastylkę i włożył ją do ust, po czym zapytał: "Zgubiłaś się?".

"Jestem nowa w mieście - odpowiedziała. "Czy są tu jakieś zabytki do zobaczenia?

Przyłożył dłoń do podbródka, przyglądając się jej. "Jest tam słynny wiadukt, idź dalej, a nie możesz go przegapić. To niesamowity widok.

"Dziękuję - powiedziała, odchodząc.

Nie mogąc się doczekać, aż zobaczy punkt orientacyjny, otworzyła torebkę. Wyciągnęła papierosa z paczki i zapaliła go. Długie zaciągnięcie się pomogło jej uspokoić myśli. Zastanawiała się, co powinna zrobić, ale nie przychodziły jej do głowy żadne odpowiedzi.

$$***$$

BIOLOGICZNA MATKA KATIE ZATRZYMAŁA się, by odpocząć. Sam park był w pełni aktywny, z dziećmi i psami biegającymi bez celu. Miała ochotę na kolejnego papierosa, ale go nie zapaliła. Zamiast tego słuchała śmiechów. Tak naprawdę nie miała dokąd pójść.

Jej telefon zawibrował; to był Anson. "Gdzie jesteś? - zapytał.

"Jestem niedaleko domu mojej siostry, ale nie ma jej w domu.

"Cóż, mam gotowe zamówienie. Najpierw musisz zapłacić to, co jesteś winien. Kiedy wrócisz, by je odebrać? Nie mogę go tu trzymać zbyt długo. Jeśli nie możesz zapłacić, muszę sprzedać je komuś innemu. Mam listę oczekujących".

"Nie mogę wrócić od razu, ale potrzebuję go. Może mógłbyś po mnie przyjechać? Odwdzięczę ci się. Zrobiłbym wszystko."

Splat! Piłka dziecka, małego chłopca, odbiła się i uderzyła w czubek jej buta. Kopnęła ją z powrotem do niego.

"Dzięki, pani", powiedział.

"Nie mogę po ciebie przyjechać. To nie jest taksówka", linia kliknęła i zamilkła na drugim końcu.

Anson był jej ostatnią nadzieją na powrót. Straciłaby siebie i wszystko, o czym myślała. Jedno uderzenie i wszystko by zniknęło - każda myśl, każda emocja - nawet jeśli tylko na chwilę.

"Zejdź na dół! - krzyknęła jej matka. "Ty brudna mała dziwko!"

To było wiele lat temu, ale w jej umyśle odtwarzało się to tak, jakby działo się teraz. Czuła nawet zapach swojej matki, połączenie talku i Jacka Danielsa.

Jej siostra była dla niej bardziej matką niż matka. Ich ojciec odleciał zaraz po jej przyjściu na świat, a matka zawsze obwiniała ją za jego odejście.

"To przez ciebie odszedł!" - krzyczała.

A jej matka sprowadzała do domu mężczyzn. Mężczyzn, którzy pomagali jej płacić czynsz, kłaść jedzenie na stole. Mężczyźni, którzy byli potworami. Potworami, przed którymi matka powinna była chronić córkę.

Westchnęła. Lata terapii pozwoliły jej wybaczyć matce. Zaakceptować, że zrobiła wszystko, co mogła w tych okolicznościach.

To było to: Wiadukt.

Zadrżała, było niezwykle wysoko - ale tak, bezdomny powiedział, że widok z góry musi być wart wspinaczki. Ale buty na nogach szczypały ją i w połowie drogi, zmęczona ich noszeniem, wrzuciła je do jeziora Ontario. Roześmiała się, myśląc o żółwiu lub rybie obserwujących je, gdy spadały na dno jeziora.

Gdy dotarła na szczyt, widok zaparł jej dech w piersiach. Widziała brzydotę, budynki, które kiedyś pełniły jakąś funkcję. Teraz były pozbawione ludzi i opieki, a ich ściany porastały chwasty. Było w nich nagie piękno, które mogłaby docenić, gdyby nie znajdowała się tak wysoko.

A w przeciwnym kierunku jezioro Ontario. Podążała ścieżką wody. Po prawej stronie wyskoczył jeden z jej butów, a kilka chwil później dołączył do niego drugi. Unosiły się, jakby duch tańczył zamiast chodzić po wodzie.

Zaśmiała się, najpierw cicho, potem histerycznie. Jej sukienka powiewała wokół niej, jakby była wewnątrz chmury.

Wyszła na gzyms. Była złą matką, gorszą niż jej matka. Jej matka przynajmniej została i trzymała swoje córki blisko siebie. Ocenę pozostawiła Bogu, Jezusowi lub komukolwiek innemu.

Biologiczna matka Katie czuła, że nie jest warta ratunku. Nie można było jej wybaczyć. Nie mogła wybaczyć nawet sobie.

Przejechała sztucznymi paznokciami po ramionach. Śledziła ślady pozostawione przez igły, których używała przez tak długi czas. Czuła je teraz palcami. Nawet gdyby zerwała z nałogiem, rozpoznałyby jej słabości i zaczęłyby błagać o pożywienie.

Przysunęła się bliżej krawędzi. Zamknęła oczy. Poczuła zapach kwiatów. Wsłuchała się w krzyki mew. Potem opadła do chłodnych wód jeziora Ontario jak marionetka, której przecięto sznurki.

***

KIEDY ZNALEŹLI JĄ NIEDALEKO wiaduktu, była w wodzie mniej niż dwadzieścia cztery godziny. Jej oczy były szeroko otwarte, jakby wciąż zastanawiała się nad czymś gdzieś poza jej zasięgiem.

Biologiczna matka Katie czekała na identyfikację w kostnicy.

ROZDZIAŁ 34

EL, ABE ORAZ KATIE

"WRACAJ DO ŁÓŻKA - powiedział Abe, gdy El zbierała swoje rzeczy, by zabrać je do pokoju Katie. Pocałowała go w czoło: - Chcesz kubek kakao?

"Czytasz w moich myślach."

"Zostań tutaj, pod kołdrą i ogrzej się. Dorzucę nawet kilka herbatników".

"Dzięki, kochanie. Słuchał, jak El błąka się po kuchni, nucąc, gdy szła. Rozumiał potrzebę żony, by pocieszyć dziecko, ale on też potrzebował pocieszenia. Poza tym martwił się, że staje się zbyt przywiązana. Za dzień lub dwa matka Katie mogła wrócić. Nigdy więcej jej nie zobaczą. Co wtedy?

El wróciła z tacą. Wychodząc, pocałowała go w czoło.

Katie siedziała i czekała na El. "Chcę iść do domu - powiedziała, przecierając oczy.

"Nie podoba ci się tutaj? El zapytał znając już odpowiedź.

"Oczywiście.

Abe podniósł głowę i zapytał: "Kto płacze?". El próbowała go odepchnąć. "Co mogę dla ciebie zrobić, mała?

"Chcę iść do domu i coś sobie kupić".

"No dobrze - powiedział, siadając na końcu łóżka. "Po pierwsze, El i ja nie mamy klucza do twojego domu, Benjamin też nie.

"Mogę wejść przez okno. Musiałbyś mnie podnieść - zrobiłam to raz, gdy mama zapomniała klucza.

"Czego potrzebujesz? zapytała El.

"Nie sądzę, że powinnaś iść - odparł Abe.

"Chciałbym dostać mój pluszak".

Ale masz swoją piękną lalkę, mały - powiedziała El.

"Och, jest ładna, ale mam swojego pluszowego misia od zawsze i będzie zupełnie sam".

"Pomyślę o tym - powiedział Abe. "A teraz ucisz się i idź spać, bo El będzie musiała wrócić do swojego pokoju.

Bez słowa Katie wtuliła się pod kołdrę i zamknęła oczy. Abe mrugnął do El i zamknął drzwi wychodząc.

ROZDZIAŁ 35

ABE ORAZ BENJAMIN

ABE ZABRAŁ TACĘ DO kuchni i posprzątał, po czym poszedł do salonu. Benjamin spał na kanapie z telewizorem brzęczącym w tle. Wyłączył go, a następnie zarzucił kołdrę na nastolatka.

Abe wrócił do swojego pokoju i zasnął. Dźwięk garnków i patelni w kuchni oraz zapach gotującego się śniadania sprawiły, że poczuł głód. Zerknął na zegar w radiu - była już 9:30! Założył płaszcz i poszedł do kuchni.

"Powinnaś była mnie obudzić! - wykrzyknął.

Katie aż podskoczyła.

"Przepraszam - powiedział. "Chciałem najpierw powiedzieć dzień dobry".

El skinął głową, Katie uśmiechnęła się. Wycofał się z kuchni do salonu, gdzie Benjamin oglądał telewizję.

"Dobrze spałeś? zapytał Abe.

Benjamin nie odezwał się, zamiast tego podkręcił głośność w telewizorze, aby usłyszeć, co mówi reporter w wiadomościach.

"Dziś rano na brzegu jeziora Ontario wyrzucono ciało kobiety.

Włosy na ramionach Benjamina stanęły dęba. "Boże, mam nadzieję, że to nie mama Katie.

Przed drzwiami wejściowymi gazeta uderzyła o podest. Abe podniósł ją, widząc zdjęcie Katie i Jennifer Walker na pierwszej stronie pod nagłówkiem "Zaginiona matka i córka". Zwinął gazetę i wrzucił ją do kosza.

"El zawołała i wszyscy razem usiedli do śniadania.

ROZDZIAŁ 36

SGT. MILLER

N A POSTERUNKU ZAPLANOWANO SPOTKANIE Z RCMP. Zostali wezwani po zidentyfikowaniu Wheelera. Musiał przedstawić im miejsce pobytu Katie. Mieli trzymać informacje w tajemnicy.

W międzyczasie na brzegu jeziora Ontario wyrzucono nowe ciało. Najwyraźniej miało ślady na ramionach.

Zanim przyjechała RCMP, Miller zadzwonił do Abe'a, by sprawdzić, jak ma się Katie.

"Miała koszmary. Rozbiła okno, trochę się zraniła. El poradził sobie ze wszystkim, a dziecko nie odniosło poważnych obrażeń".

"Przykro mi to słyszeć - powiedziała Miller. "To trudne dla dziecka spać w obcym łóżku, w obcym domu".

"W tej chwili chce tylko wrócić do domu. Tęskni za czymś, co nazywa swoim pluszowym misiem".

"Przykro mi Abe, to nie wchodzi w rachubę".

"Ale ona nie może spać.

Miller podniósł głos i zamknął drzwi. "Abe, pod żadnym pozorem nie możesz tam iść. A jeśli reporter cię zobaczy i pójdzie za tobą do domu?

"Słyszę cię.

"Nie wychylajcie się, wszyscy. Będę w kontakcie i nie zapominajcie, że mamy nierozstrzygnięte morderstwo. I nie wiemy, gdzie jest matka Katie. Zawahał się. "Katie może być naszym jedynym tropem. Wiem, że to wydaje się mało prawdopodobne, ale dzieci są spostrzegawcze. Czasami dostrzegają rzeczy, które mogą pomóc nam znaleźć jej matkę, uratować ją, zanim będzie za późno.

"Więc uważasz, że pani Walker musiała być zaangażowana w scenę narkotykową, odkąd ona i Wheeler się spotykali?"

"Na tym etapie nie znam odpowiedzi, ale nie ma śladów włamania.

"Katie powiedziała Benjaminowi, że to Wheeler dał jej drogą lalkę, więc był w domu więcej niż raz. Inną ironiczną częścią jest to, że mógł kupić lalkę od nas".

"Naprawdę? Zajrzałeś do swoich ksiąg i sprawdziłeś, czy jest jakiś zapis zamówienia? To może być trop. To może być coś."

"Nie, i wiesz co, aż do teraz, kiedy ci powiedziałem, nawet nie pomyślałem o sprawdzeniu moich ksiąg. Nie wspominając o tym, że skoro lalka jest repliką dziecka, to ktoś z nas, jeśli złożył u nas zamówienie, musiał widzieć zdjęcie Katie. Nie przypominam sobie, żebym je widział, ale wiesz, pamięć - i starzenie się.

To jedna z pierwszych rzeczy, które odchodzą". Abe roześmiał się.

Miller powiedział: "Tak, rozumiem, ale proszę sprawdź i daj mi znać, co znajdziesz. Cokolwiek. Metodę płatności. Datę zamówienia".

"Oferujemy te lalki tylko w okresie przedświątecznym, więc powinno być dość łatwo je wyśledzić, jeśli zamówił je u nas."

"Sprawdź, czy możesz znaleźć jakieś inne informacje od Katie. Jakieś pomysły na temat tego, gdzie mogła pojechać jej matka. Miejsca na wakacje. Krewni. Przyjaciele. Cokolwiek."

"Czy byłoby lepiej, gdybyś kogoś wysłał? Eksperta od przesłuchiwania dzieci?" zapytał Abe. "Poza tym, skoro już kogoś wysyłasz, to dlaczego nie wysłać go, by odebrał duszę?"

"Będę musiał przedyskutować to z moimi przełożonymi. Może to być następny krok. Na razie zna ciebie, Benjamina i El. Obserwuj ją, nie dając jej o tym znać. Zadawaj jej pytania, jeśli na to pozwoli, bez podważania zaufania, jakim cię darzy. W tej chwili jesteś wszystkim, co ma. Mogła być świadkiem czegoś, co mogłoby narazić was wszystkich na niebezpieczeństwo.

"Jak powiedziałem, miała koszmary.

"Racja. Trauma może powodować koszmary, lunatykowanie. Pobyt w nieznanym środowisku jest dostosowaniem się w normalnych okolicznościach. Te są dalekie od normalności". Miller zawahał się. "Pomyślmy o tym, poproszę jednego z moich oficerów, aby wpadł z zestawem DNA. Oficer pobierze prosty wymaz ze śliny Katie. Jeśli będzie chciała o czymś porozmawiać. Mam na myśli z kimś spoza domu, to mój oficer da jej taką możliwość".

"Co za sprytny pomysł i dzięki za poinformowanie mnie", powiedział Abe. "Myślę, że kiedy dziecko zostało samo w parku, mogło zostać porzucone. Nie powinno to jednak spowodować żadnych trwałych uszkodzeń, prawda?

"Zależy od jej usposobienia, nie mogę powiedzieć Abe. Byłoby pomocne, gdybyś sprawdził wszelkie informacje, które możesz mieć w swoich aktach.

"Zrobię to.

"Będę w kontakcie.

"Dzięki.

ROZDZIAŁ 37

ZGUBIONE I ZNALEZIONE

BYŁO SŁONECZNE POPOŁUDNIE, ANI jednej chmurki na niebie - idealny dzień na wędkowanie.

James i Andrea Richards pływali łodzią po jeziorze Ontario, gdy zauważyła coś unoszącego się na wodzie. Wyciągnęła lornetkę i przyjrzała się temu bliżej. Podskakiwało i poruszało się, ale wyglądało jak damska torebka.

"Przysięgam na Boga, tam jest torebka" - powiedziała do męża, wręczając mu lornetkę. "Może ktoś został zamordowany właśnie tutaj, nad jeziorem". Zadrżała, choć było jej ciepło i owinęła wokół siebie ramiona.

James spojrzał na nią. "Czytasz za dużo powieści Agathy Christie".

Zadrwiła.

"Ale i tak wyjdźmy i przyjrzyjmy się bliżej, żebyś była spokojna. W końcu ryby dziś nie gryzą".

"Dzięki kochanie - powiedziała.

James skierował łódź w kierunku pływającego obiektu, a kilka minut później jego żona użyła sieci rybackiej, zbierając torebkę. Gdy wyjęła ją z sieci, zauważyła, że wciąż jest zamknięta. Zastanawiając się, czy zawartość jest sucha, otworzyła ją.

"Czekaj!" krzyknął.

Za późno, bo wyciągnęła portfel. Wszystko w środku było suche. Chociaż teraz o tym pomyślała, zdała sobie sprawę, że postąpiła wbrew wszystkiemu, co wiedziała z telewizji i książek, naruszając zawartość.

Nieważne, to już było zrobione. Otworzyła portfel, znajdując prawo jazdy, kilka kart kredytowych, zdjęcie dziecka, tubkę pasty do zębów i szczoteczkę do zębów (rozmiar podróżny), telefon z rozładowaną baterią i trochę kleju do paznokci.

"Myślę, że lepiej zadzwońmy na policję" - powiedziała.

"Jakaś gotówka?" zapytał James.

"Nie ma gotówki" - powiedziała, wybierając numer 911.

Po poinformowaniu policji o tym, co znaleźli, powiedziano im, że funkcjonariusz spotka się z nimi na brzegu. Para dryfowała przez kilka chwil w ciszy, podczas gdy mewy krzyczały nad ich głowami i chwytały ryby, które skakały wokół nich.

"Jasne, teraz są głodne!" powiedział James, uruchamiając silnik i kierując się w stronę brzegu.

ROZDZIAŁ 38

MORGUE

PÓŹNIEJ, PO OTRZYMANIU TELEFONU od Pattersona, Miller udał się do kostnicy.

"Potwierdziliśmy, że Jane Doe ma nie więcej niż dwadzieścia cztery lata i od dawna zażywa narkotyki. Z takimi śladami, była uzależniona przez długi czas. Jest również pieworódką".

"Ile lat miałoby dziecko, gdyby żyło?

"Siedem, może osiem.

"Wiek pasuje - powiedział Miller. "Coś niezwykłego w twoich odkryciach?"

"Jej narkotykiem z wyboru była kokaina. W chwili śmierci nie zażywała jej przez ostatnie dwadzieścia cztery godziny. Była ciężkim użytkownikiem - duże nagromadzenie metaboliczne benzoylecgoniny w czasie, ale nic nowego."

"Myślisz, że próbowała rzucić nałóg?"

"Mało prawdopodobne, chyba że trafiła do najlepszego ośrodka odwykowego.

"Taka strata. Lepiej pójdę do biura. Daj mi znać, jeśli znajdziesz coś jeszcze - powiedział Miller, kierując się w stronę drzwi.

"Tak zrobię.

Zadzwonił telefon Millera.

"Gdzie jesteś? - zapytał. "W porządku. Sam mogę go odebrać. Nie ma problemu. Jestem w drodze. Pójdę tam, jak tylko to zdobędę. Dzięki."

Miller spotkał się z Richardsami, którzy przekazali mu torbę.

"Co się stanie, jeśli nikt jej nie odbierze?" zapytała Andrea.

"Zachowamy ją jako dowód, dopóki ktoś tego nie zrobi - powiedział Miller. "Dziękuję za jej przekazanie".

ROZDZIAŁ 39

BENJAMIN ORAZ ABE

MILLER WYSŁAŁ SMS-A DO Abe'a, podając mu nazwisko oficera, który przyjedzie zobaczyć Katie i pobrać próbkę jej DNA. Abe zadzwonił do domu i poinformował Benjamina o szczegółach.

"Nazywa się oficer Lane i przyjedzie lada chwila".

"Na razie nie ma po niej śladu - powiedział Benjamin.

"Kiedy przyjedzie, poproś El, by dała jej filiżankę herbaty i poczekaj na mnie". W tle usłyszał dzwonek do drzwi.

"Za późno, już tu jest, a El jest zajęta klientami.

"Powiedz jej, żeby zamknęła sklep i natychmiast przyszła."

"Dobrze.

"Bez odbioru - powiedział Abe.

Benjamin napisał do El, aby zamknęła sklep i natychmiast przyszła do domu. Otworzył drzwi.

"Nazywam się oficer Lane - powiedziała.

El przybyła z pytaniem: "Co się stało?".

Benjamin wyciągnął rękę.

"Przyszedłem zobaczyć się z Katie - powiedział Lane. "I pobrać próbkę DNA.

El wyciągnęła rękę. Zaprosiła oficera Lane'a do salonu.

"To jest oficer Lane, Katie.

"Katie, możesz mi mówić Lacey. Mam tu kogoś, kto mówi, że za tobą tęsknił. Wyciągnęła poszarpanego misia.

Oczy dziecka rozbłysły, gdy przyjęło pluszaka. "Edward," zawołała. Następnie do oficer Lacey powiedziała: "Och, dziękuję". Do misia powiedziała: "Tak bardzo za tobą tęskniłam". Przytuliła jego twarz do ucha i powiedziała: "Tak". A następnie: "Naprawdę?".

Oficer Lane uśmiechnęła się. "Edward to ładne imię. Cieszę się, że znów jesteście razem. Teraz chciałabym z tobą porozmawiać o pomocy w odnalezieniu twojej mamy.

"Zgubiła się? Katie zapytała z dąsem.

"Nie jesteśmy pewni - powiedziała Lacey - ale na pewno przydałaby nam się twoja pomoc.

"Co mam zrobić?

Oficer Lane sięgnęła do torby i wyciągnęła zestaw DNA. Wyjęła końcówkę kija i otworzyła pojemnik, aby włożyć ją do środka. "Chciałabym włożyć to do twoich ust i pobrać tak zwany wymaz".

"Słyszałam tylko o używaniu ich w uszach" - zaśmiała się Katie.

"Dokładnie to, co powiedziałaby moja córeczka - powiedział Lane z uśmiechem.

"Jak ma na imię?

"Ma na imię Jemma, ale mówimy na nią Jem.

"Jakie ładne imię, jak klejnot - uśmiechnęła się Katie.

Oficer uśmiechnął się. "Jest miękki, więc nie zaszkodzi. Włożę ci go do ust, a potem do tego pojemnika i wyślemy do laboratorium.

"Jeśli boisz się Katie," powiedział Benjamin, "oficer Lane, możesz mnie najpierw wymazać, żebyś mógł zobaczyć, jak to jest."

"Nie boję się - powiedziała Katie.

Funkcjonariuszka pobrała próbkę, a następnie napisała imię Katie na etykiecie. Przykleiła ją do pojemnika. "Kiedy masz urodziny? Ile masz lat?"

"Jest 1 września i mam siedem i pół roku".

Po zakończeniu testu funkcjonariuszka zapytała pozostałych, czy może sama porozmawiać z Katie.

"Nie musisz - powiedział Benjamin. "Jeśli nie chcesz".

"On ma rację Katie. Nie musisz - powiedziała Lane. "Chcesz nam pomóc, znaleźć swoją matkę, prawda? Gdybyś mogła pomóc, chciałabyś, prawda?

Katie spojrzała na El.

"Co za pytanie", powiedziała El. "Oczywiście, że chce pomóc, ale jest tylko dzieckiem.

Katie skinęła głową oficer Lane i zaprowadziła ją do swojego pokoju, gdzie pokazała jej lalkę i zaczęła o niej opowiadać.

"Mark, pan Wheeler kupił mi tę lalkę na Boże Narodzenie, jako niespodziankę. Zawsze przychodził i przynosił mi niespodzianki".

"Był miły?"

"Tak - powiedziała Katie.

"Coś jeszcze chcesz mi powiedzieć?

"On i moja mama byli czasem szczęśliwi. Odwróciła wzrok. "Innym razem krzyczeli, a on odchodził".

"Czy twoja mama płakała? Kiedy odszedł?"

"Tak, dopóki nie poszliśmy na koktajle mleczne.

"Lubisz koktajle mleczne?"

"Tak, truskawkowy jest moim ulubionym".

"Więc co by się stało?" zapytał Lane.

"Wysyłał prezenty do mojej mamy, a czasem do mnie".

"Bardzo miło z jego strony - powiedziała Lane, bawiąc się włosami lalki, a potem włosami Katie.

"Nie są takie same - powiedziała Katie. "Moje są bardziej miękkie.

"Masz rację.

"To dlatego, że El używa specjalnej odżywki do moich włosów i szczotkuje je pięćdziesięcioma pociągnięciami każdej nocy, zanim pójdę spać. Powiedziała, że dorośli dostają sto pociągnięć, a dzieci pięćdziesiąt". Katie zachichotała.

Oficer Lane spojrzała na zaklejone taśmą okno: "Co tu się stało?".

"El powiedziała, że lunatykowałam. Nie pamiętam.

"Czy kiedykolwiek wcześniej lunatykowałaś?"

"Nie sądzę - odpowiedziała Katie. "El założyła mi bandaże. Jest wyszkoloną pielęgniarką. Moja mama chciała być nauczycielką, ale..."

"Co ją powstrzymało?"

"Ja, która się urodziłam" - powiedziała Katie. Położyła lalkę z powrotem na łóżku i zapytała: "Czy jest coś jeszcze? Pomóc znaleźć mamę?"

"Zastanawiałem się, czy masz jakieś ciotki lub wujków, dziadków, przyjaciół, z którymi twoja mama mogła się zatrzymać? A co z twoim tatą?"

"Mama ma siostrę, ale nigdy jej nie poznałem. Mama jest starsza. Nigdy nie poznałem dziadków. Nigdy nie poznałem taty".

"Gdzie mieszka siostra twojej mamy? Moglibyśmy do niej zadzwonić?"

"Nie wiem."

"Czy kiedykolwiek mieszkałaś gdzie indziej?" zapytała Lacey.

"Nie. Katie spojrzała na swoje stopy. "Przepraszam, że nie jestem zbyt pomocna.

Oficer Lane poklepała ją po głowie: "Nie wiem, czasami wiemy więcej niż nam się wydaje. Myśl dalej."

"Jeszcze raz dziękuję za mój pluszak."

"Z przyjemnością."

Oficer Lane udała się do laboratorium z próbką i umieściła ją na liście priorytetów. Po krótkiej rozmowie udało jej się przesunąć ją na szczyt. Wróciła na posterunek.

✳✳✳

M ILLER OTRZYMAŁ TELEFON OD oficera Lane'a.

"Zgodnie z prośbą, zabrałem próbkę DNA Katie Walker prosto do laboratorium. Dokonali porównania z kobietą w kostnicy - pasują do siebie".

"Nie mogę się doczekać, aby podzielić się tą wiadomością. To najgorszy wynik.

"Jeśli będziesz mnie potrzebować, pójdę z tobą dla wsparcia".

"Dziękuję za ofertę, ale jest to czas, w którym nasz doradca będzie niezwykle przydatny. Nie mieliśmy okazji często z niej korzystać, ponieważ pracuje poza siedzibą firmy. Nie miałem zbyt wiele kontaktu z doradcą Briggsem, a ty?".

"Nawet jej nie poznałem - powiedział oficer Lane.

"Zgaduję, że będę pierwszym, który będzie z nią pracował z naszego posterunku".

"Cokolwiek się stanie, sierżancie, powinna być dobrze wyszkolona, by sobie z tym poradzić.

"Mam taką nadzieję. Dzięki i do zobaczenia na posterunku. Rozłączył się, zdając sobie sprawę, że nie ma numeru Eleanor Briggs w telefonie. Zadzwonił ponownie na posterunek i poprosił pracownika recepcji o znalezienie numeru. Wprowadził informacje do telefonu i zadzwonił do Briggs, informując ją o sytuacji.

"Mogę być gotowy, gdy tylko będziesz mnie potrzebować" - powiedział Briggs.

"Dobrze, wpadnę po ciebie za jakieś piętnaście minut - powiedział Miller, skręcając w lewo. Nie mógł przestać myśleć o Katie. Ta wiadomość złamałaby jej serce.

Niechętnie wybrał numer Abe'a i poinformował go o sytuacji.

****

B ENJAMIN CZUŁ SIĘ KLAUSTROFOBICZNIE i żałował, że sklep nie został otwarty. Byłoby to mile widziane odwrócenie uwagi. Napisał do Abe'a: "Gdzie jesteś?".

Abe był już prawie w domu, kiedy otrzymał wiadomość, a potem zadzwonił sierżant Miller.

"Mam smutne wieści o matce Katie. Jej ciało znaleziono w pobliżu wiaduktu".

"Samobójstwo?"

"Nie zostało to wykluczone".

"Okej. Rzeczywiście niewiarygodnie smutna wiadomość. Biedna Katie. Powinienem jej teraz powiedzieć? Właśnie wchodzę do środka.

"Nie. Razem z doradcą przyjdziemy powiedzieć Katie. Czy ty, Benjamin i El będziecie obecni? Będzie potrzebowała twojego wsparcia".

"Tak. Taki smutny wynik. Oczywiście, wszyscy tam będziemy".

Po powrocie do domu wszedł do pokoju rodzinnego i zobaczył Katie przytuloną do pluszowej zabawki. "Kto to jest?" zapytał.

"To Edward Bear, mój pluszak".

"Chciałabym przyjrzeć się bliżej, jeśli możesz pobiec do mojego pokoju i przynieść mi moje okulary".

Katie wybiegła na korytarz. Pomachał Benjaminowi i El bliżej i przekazał im smutne wieści.

*****

****

"BIEDNA KATIE - POWIEDZIAŁA El ze łzami w oczach.

Benjamin nic nie powiedział.

"Sierżant Miller przyjdzie z doradcą, aby powiedzieć Katie. Chcieliby, żebyśmy tu byli i ją wspierali. Doradczyni poradzi sobie z sytuacją, jest przeszkolona, by pomagać dzieciom w traumatycznych sytuacjach.

"Katie będzie miała złamane serce, biedactwo. Co się z nią stanie?

"A co będzie, jak już jej powiedzą? Benjamin powiedział, a jego ramiona opadły. Jego ciało zapadło się w sobie, jakby właśnie otrzymał cios w brzuch. "Zabiorą ją i wyślą do rodziny zastępczej, to znaczy do obcych ludzi?

"Jest tu szczęśliwa - powiedziała El.

"Z wyjątkiem incydentu z oknem i koszmarów - powiedział Abe.

"Nie będziemy mieli na to wpływu, gdy dowie się, że jej matka odeszła. Może mieć krewnych - powiedziała El.

"Jeśli nie, trafi do systemu opieki zastępczej. Nie może trafić do systemu" - powiedział Benjamin.

"Jest z nami od kilku dni, sierżant Miller zapewni, że Katie jest priorytetem, a on nas zna".

"Kochamy Katie - powiedziała El.

Katie przyszła do pokoju z okularami Abe'a. Pochylił się, by mogła założyć mu je na twarz.

"Dziękuję, mała - powiedział i poklepał ją po głowie.

Abe, El i Benjamin utworzyli krąg z Katie pośrodku. Podnieśli ją i obracali w kółko. Zachichotała, odrzuciła głowę do tyłu i wyobraziła sobie, że lata.

ROZDZIAŁ 40

ZŁE WIEŚCI

P UKANIE DO DRZWI PRZERWAŁO ich wesołość. Położyli Katie na podłodze, a Benjamin i El stanęli za nią. Każdy z nich położył rękę na jej ramieniu. Abe poszedł otworzyć drzwi i po chwili wrócił z sierżantem Millerem i doradcą.

Benjamin zacieśnił uścisk na ramieniu Katie.

"Wszyscy mnie znacie - powiedział sierżant Miller. "Z wyjątkiem ciebie Katie, jestem starym przyjacielem Juliusa. A to jest doradca Briggs. Pracuje ze mną na posterunku policji.

Abe uścisnął męską dłoń Briggs, podczas gdy Katie, El i Benjamin pozostali na swoich miejscach.

"Masz piękny dom - powiedział Briggs w kierunku El.

Briggs była prawie tak wysoka jak Miller, a z takimi ramionami wyglądała, jakby mogła grać na pozycji obrońcy w Packers. Jej truskawkowe włosy wyglądały tak, jakby włożyła palec do gniazdka, a następnie spryskała je lakierem. A jej twarz, zamiast być okrągła lub owalna, była kwadratowa przez grzywkę, włosy i brak szyi. Jej nos znajdował się poza centrum, więc nigdy nie było pewności, czy jej zezowate zielone oczy patrzą na nią, czy na tego, z kim rozmawia. Briggs podszedł do Katie, która schowała się za Benjaminem i El.

Katie, doradca Briggs, Eleanor, chciałaby ci coś powiedzieć. To ważne."

Katie pozostała na swoim miejscu, dopóki Benjamin i El nie chwycili jej za ręce.

"Ja jej powiem - powiedziała El, prowadząc ją z Benjaminem w stronę krzesła. Kiedy stanęli twarzą w twarz, El powiedziała: "Katie, kochanie, twoja mama poszła do nieba".

Briggs interweniował. "Twoja mama umarła, Katie.

El wzięła Katie w ramiona.

"Katie - powiedział Briggs, pochylając się, by dotknąć jej pleców. "Rozumiesz? O twojej matce? Chciałabyś mnie o coś zapytać? W porządku, jeśli chcesz się wypłakać".

Katie nic nie mówiąc, przeszła przez pokój, gdzie wyciągnęła ręce i zaczęła się obracać. Wyglądała, jakby udawała wiatrak.

"Ona nie umarła", śpiewała do zbyt dobrze znanej melodii - Frere Jacques.

Benjamin ze łzami spływającymi po policzkach wziął ją w ramiona.

Przez cały czas Katie krzyczała: "Ona nie umarła! Ona nie umarła!", jednocześnie uderzając swoimi małymi, zaciśniętymi pięściami w jego klatkę piersiową.

Benjamin pozwolił jej wyrzucić z siebie cały ból, używając go jako worka treningowego. Kiedy była już pozbawiona wszelkich emocji i wyczerpana, zwiotczała w jego ramionach jak szmaciana lalka. Zaniósł ją do pokoju i położył do łóżka. Zamknęła oczy. Łzy sączyły się co jakiś czas, otarł je i trzymając ją za rękę, patrzył jak zasypia.

Na korytarzu Briggs zwrócił się do El: - Katie jest teraz podopieczną sądu. Oni zdecydują, co jest dla niej najlepsze.

"Właśnie straciła mamę - powiedziała El, zaciskając pięści tak mocno, że jej paznokcie przebiły się przez skórę. "Co z ciebie za kobieta?

"Whoa. Ona tylko wykonuje swoją pracę, El - powiedział sierżant Miller.

"Będziesz potrzebował nakazu sądowego, aby usunąć ją z mojego domu - powiedział Abe.

Sierżant Miller spojrzał na swojego starego przyjaciela. "Chwileczkę, Abe. Nie mamy zamiaru szturmować jej pokoju i wyrywać jej z łóżka. Dopiero co straciła matkę i nie zrobilibyśmy tego ani jej, ani żadnemu innemu dziecku, ani teraz, ani nigdy. Poza tym ona cię zna i lepiej jej będzie w znajomym miejscu z ludźmi, którym ufa i których zna.

"Jest teraz częścią naszej rodziny - powiedziała El.

"Tak, ale nie jest twoim dzieckiem - powiedział Briggs. "Poza tym istnieją prawa i protokoły, których należy przestrzegać.

"Jesteś zimną kobietą - powiedziała El, rzucając się Briggsowi w twarz.

Miller odciągnął ich od siebie. "Zamienię z nią słowo - powiedział do El. Potem do Briggs: "Możemy porozmawiać o tym na zewnątrz".

Briggs położyła ręce na biodrach. "Jasne, możemy kontynuować tę dyskusję na zewnątrz.

Zrobiła krok w stronę drzwi, po czym powiedziała do El i Abe'a: - Więc jesteście świadomi procedury. Kiedy złożę dokumenty, sędzia zdecyduje, jaki będzie następny krok. Normalną procedurą jest przekazanie dziecka. Zwykle w ciągu następnych dwudziestu czterech do czterdziestu ośmiu godzin. Niezastosowanie się do tego spowoduje nałożenie grzywny za utrudnianie, narażanie na niebezpieczeństwo, a może nawet karę więzienia. Wszystko zależy od sędziego przydzielonego do sprawy Katie". Odwróciła się do nich plecami i skierowała do wyjścia.

"Ma na imię Katie - zawołał za nią El.

Miller przeprosił obficie, gdy wyszedł za Briggsem.

ROZDZIAŁ 41

MILLER ORAZ BRIGGS

MILLER OTWORZYŁ DRZWI SWOJEGO radiowozu. Po wejściu do środka zatrzasnął je. Po wzięciu kilku głębokich oddechów odblokował drzwi pasażera, aby wpuścić Briggs do pojazdu. Kiedy zapinała pasy, zacisnął pięści na kierownicy. "Nie musiałaś być dla nich taka surowa.

"Za bardzo przywiązali się do dziecka, które nie jest ich. Dziecka, które należy do rodziny, a nie przypadkowych nieznajomych. Bardziej niż kiedykolwiek potrzebuje być z krewnymi, a nie niedoszłymi krewnymi.

"A co jeśli nie ma krewnych?

Briggs potrząsnęła głową. "Dopóki nie sprawdzimy, nigdy się nie dowiemy. Naszym obowiązkiem wobec dziecka jest ich odnalezienie. Nie pozostawić żadnego kamienia na kamieniu. Zapewnić jej najlepszą opiekę ludzi, którzy pomogą jej poradzić sobie z żałobą.

"Oni ją kochają, uczynili ją częścią swojej rodziny, a ja znam ich od lat.

"Wiem, że tak, ale jest coś. Coś jest nie tak. Nie potrafię tego wskazać palcem, ale to tam jest.

Kiedy wyjechał z podjazdu, Miller wziął kolejny głęboki oddech. "Gdyby nie oni, mogłaby zostać porwana lub zamordowana. Uratowali ją, ocalili. Bóg jeden wie, co by się z nią stało, gdyby została sama na nabrzeżu przez całą noc. Wiesz, jak wygląda ta okolica po zmroku. Narkomani i prostytutki. To dziecko miało cholerne szczęście, że rodzina Juliusa ją znalazła, przygarnęła i traktowała jak własne dziecko".

"Rozumiem, o co panu chodzi, sierżancie Miller, ale nawet pan musi zdawać sobie sprawę, że dziecko musi być tutaj priorytetem. I muszę podążać za moim instynktem.

Był tak wściekły, że nie mógł mówić, więc zamiast tego wbił paznokcie w skórzaną osłonę kierownicy, podczas gdy ona kontynuowała.

"Pracujesz w policji od lat, a twoja reputacja jest znakomita. A jednak pozwalasz własnym emocjom grać na tobie. Z tego, co słyszałam, pozwoliłeś policji zapłacić rachunek za poszukiwanie dziecka, którego miejsce pobytu znałeś przez wiele dni? Udawałeś nawet przed prasą, że wciąż szukamy nie tylko jej matki, ale także Katie. Jak dobrze wiesz, w obu przypadkach twoje działania były niezgodne z procedurami".

Miller jeszcze bardziej wbił paznokcie w osłonę kierownicy. Wstrzymał oddech i skoncentrował się na drodze. Gdyby tego nie zrobił, stałby się bardzo zły i... nie chciał stracić kontroli, kiedy ona przełączała jego przełącznik. Próbowała sprawić, by stracił spokój, kwestionując jego uczciwość. Był jej przełożonym, pod każdym względem, a mimo to, drążyła temat jak...

"Rozumiem - powiedziała. "Są twoimi przyjaciółmi i nie mogą mieć dziecka, więc hej, presto, oto dziecko wszystkich, którego nikt nie chce".

Miller wcisnął hamulec, gdy światło zmieniło się z pomarańczowego na czerwone. "Myślisz, że z kim rozmawiasz?" - zażądał. "Po pierwsze, nikt, jak to nazywasz, nie "zapłacił rachunku". W rzeczywistości postępowałem zgodnie z protokołem i zgłosiłem prokuratorowi, że Katie przebywa z Abe'em i jego żoną. Kazał mi monitorować sytuację, co też zrobiłem. A kiedy w sprawę zaangażowała się RCMP, dałem im znać, gdzie ona jest. Postępuję zgodnie z protokołem.

Potrząsnęła głową: - Przykro mi, to nic osobistego. Po to istnieje system, by chronić tych, którzy sami nie mogą się obronić.

Potwierdził jej ostatnie stwierdzenie skinieniem głowy, wiedząc, że to prawda. Zostawienie Katie tam, gdzie była, miało sens, ale Briggs miał rację co do jednej rzeczy, zasady to zasady. Fakty były takie: para była w podeszłym wieku, a to mogło wpłynąć na sądy.

"To moja jurysdykcja", powiedział Miller. "Nie afiszuj się ze swoimi zasadami. Przestrzegałem zasad, podczas gdy ty wciąż byłeś pchany w wózku".

Briggs roześmiał się.

Kontynuował, teraz już spokojniej. "System ma swoje wady, dziecko Katie nie zagubiło się w systemie.

Została oddana pod opiekę rodziny Juliusów, którzy są filarami naszej społeczności".

Briggs zamilkł na chwilę. "Oddana" to słowo, któremu się sprzeciwiam. Dziecko nie jest szczeniakiem, którego można oddać. Sędzia musi przyjrzeć się faktom i rozstrzygnąć tę sprawę. Sędzia będzie widział rzeczy czarno na białym. Emocje nie będą miały na niego wpływu".

"Ręczę za Abe'a i El. Do diabła, gdybym umarł, nie mógłbym wymyślić lepszej pary, która zaopiekowałaby się moimi dziećmi - to znaczy, gdyby nadal były dziećmi. Moje już dorosły.

"Tu nie chodzi o ciebie, sierżancie Miller. To nie jest twoja walka.

Miller milczał. Miała rację co do jeszcze jednej rzeczy: to nie była jego walka. Mimo to znał Abe'a i jego rodzinę.

Miller podrzucił Briggs do jej zaparkowanego samochodu i udał się na posterunek. Doprowadzała go do wściekłości. Najbardziej nienawidził tego, że miała rację. Z jednej strony większość sędziów nie przejmowałaby się Abe'em i El oraz ich wiekiem.

Z drugiej strony, nie obchodziłyby ich tak zwane instynkty radcy Briggsa. Zwłaszcza, jeśli to on wszedłby tam pierwszy i bronił sprawy Juliusa. Wyliczył, że powrót do biura zajmie Briggsowi co najmniej trzydzieści minut. W zależności od natężenia ruchu. W międzyczasie opracował plan działania.

Po powrocie do biura, Miller kliknął na bazę danych i przeczytał raport oficer Lane. Wpisał zaktualizowane uzupełnienie:

Data, godzina. Sierżant Alex Miller i doradca Eleanor Briggs spotkali się w domu rodziny Juliusów, gdzie Katie Walker przebywała od czasu zaginięcia jej matki w dniu, godzina. Z Abe'em, jego żoną, El i ich przybranym synem - wpisał przybranym - dodał adoptowanym.

Zatrzymał się, nie będąc pewnym, czy chłopiec jest nadal przybrany, czy adoptowany. Ponownie wpisał przybrany syn, podczas gdy Katie została poinformowana o śmierci matki.

Moim zdaniem dziecko powinno pozostać w rodzinie Juliusów. Zna ich i zbudowała zaufanie. Przeniesienie jej, w tym czasie żałoby, do nieznanego otoczenia, z ludźmi, których nie zna, byłoby okrutną i niepotrzebną zmianą i mogłoby mieć wpływ na szansę dziewczynki na przetrwanie utraty matki.

Przerwał pisanie i przeczytał ponownie. Czuł potrzebę odniesienia się do intuicji Briggsa. Prawda była taka, że jedyną osobą, która zdenerwowała dziecko, była sama Briggs.

Kliknął na zamknięcie pliku.

Miller wykonał telefon do znajomego sędziego Andersa, który zasugerował wyznaczenie wstępnego przesłuchania. Anders zgodził się, że nie ma powodu, aby wykorzeniać dziecko.

"Poproś wnioskodawcę, aby przyszedł do sądu za godzinę" - powiedział Anders. "I możemy zacząć działać".

"Dziękuję" - odpowiedział Miller. Rozłączył się, zadzwonił do Abe'a i wyjaśnił, jak pilne jest jego przybycie do sądu. "Spotkajmy się przy wejściu, najszybciej jak możesz. Spotkamy się z sędzią Andersem w jego gabinecie i załatwimy formalności". Zawahał się, po czym kontynuował. "Poprosiłem o przysługę, która mam nadzieję wystarczy, abyś mógł zatrzymać Katie przy sobie - powiedział Miller. "Więc nie spóźnij się.

"Już jadę - powiedział Abe i zamówił taksówkę. Gdy tylko wsiadł do pojazdu, jeszcze zanim zdążył zapiąć pasy, poinstruował kierowcę, by zawiózł go do sądu.

"Jeśli dostanę mandat, musisz zapłacić rachunek" - powiedział kierowca.

"Nie każę ci łamać prawa, po prostu je łam i unikaj najbardziej zatłoczonych tras".

"Jasne" - odpowiedział kierowca.

✳✳✳

P O POWROCIE DO BIURA Eleanor Briggs przejrzała w Internecie akta dziecka o imieniu Katie Walker. Bingo, znalazła ostatni raport napisany przez oficer Lacey Lane. Lane napisała w nim, że Katie miała koszmary i lunatykowała. Raz nawet dokonała samookaleczenia. El Julius zajął się nią bez wzywania karetki, twierdząc, że jest wykwalifikowaną pielęgniarką.

Do oryginalnego dokumentu wpisała następujący dodatek:

Data, godzina. Doradca Eleanor Briggs i sierżant Alex Miller pojawili się w domu Juliusów, gdzie Katie Walker została poinformowana o śmierci matki. Obecni byli również Abe, El i Benjamin Julius.

Katie przebywała z nimi od czasu zniknięcia matki w Dacie. Dziecko przyjęło wiadomość tak dobrze, jak to było możliwe w tych okolicznościach.

Jednak El Julius stał się wrogi, gdy Briggs próbował bezpośrednio komunikować się z dzieckiem. Po przeczytaniu raportu oficera Lane'a doradca uważa, że koszmary mogły być bezpośrednim skutkiem nadmiernego macierzyństwa pani Julius. Jest to niepokojące, ponieważ matka Katie do dziś była uważana za żywą. Dlatego zalecam natychmiastowe usunięcie Katie Walker z domu Juliusów. Najlepiej, gdyby została przeniesiona do domu z krewnym.

Przerwała pisanie i zastanowiła się przez chwilę. Czy przeczytanie tych informacji rzuciło jakiekolwiek światło na przeczucie, które miała? Zdecydowała, że nie. Mimo to, teraz miała więcej informacji, które wzmocniłyby jej sprawę.

Briggs była pewna, że większość sędziów zastosuje się do jej zaleceń i weźmie małą Katie Walker pod opiekę prowincji.

Wcisnęła WYŚLIJ.

ROZDZIAŁ 42

BRIGGS JEST ZA PÓŹNO

PRZYJACIÓŁKA, KTÓRA PRACOWAŁA W biurze sędziego Andersa, była winna Eleanor Briggs przysługę. Zadzwoniła i poinformowała ją o sytuacji. "Sukinsyn", wykrzyknęła Briggs. Anders nie był sędzią, do którego można było zadzwonić i negocjować. Twarzą w twarz to był jedyny sposób. Wybiegła z budynku, wsiadła do samochodu i udała się do sądu.

Briggs nie mogła uwierzyć, że Miller zwróciłaby się do sędziego, a co dopiero do takiego, z którym nigdy nie widziała się na oczy. Chociaż, po zastanowieniu, nie sądziła, by Miller wiedziała, że zderzyły się głowami. Z drugiej strony, wieści rozchodziły się w komisariacie. Ludzie rozmawiali. Plotkowano jak w każdej innej pracy. To był zbyt duży zbieg okoliczności.

Miller musiał wiedzieć. Skręciła za róg, piszcząc oponami, gdy światło zmieniło się na żółte.

Uderzyła pięściami w kierownicę. Wciąż nie mogła uwierzyć, że to sędzia Anders prowadził to wstępne przesłuchanie. Był znany ze swojej pobłażliwości i uwielbiał historie, które chwytały go za serce. Był dobrym, uczciwym i sprawiedliwym sędzią, ale nosił swoje serce na rękawie - niektórzy uważali, że to jego najlepsza cecha jako sędziego. Dla Briggsa przestrzeganie zasad było jedynym sposobem na pracę. Gdyby tylko Anders wiedział o koszmarach i udawaniu pielęgniarki przez panią Julius - to mogłoby wszystko zmienić.

Briggs dotarł do gabinetu sędziego, gdy Miller i Abe wychodzili.

"Za późno - powiedział Miller. "Sędzia Anders zatwierdził naszą prośbę, by Katie pozostała z Juliusami przez miesiąc. Ponownie rozpatrzy sprawę po zakończeniu tego okresu.

Briggs przepchnęła się przez dwóch mężczyzn i weszła do gabinetu Andersa, zamykając za sobą drzwi.

"Nie spodoba mu się to, że ktoś zgadnie po raz drugi" - powiedział Miller, gdy wraz z Abe'em opuścili budynek.

ROZDZIAŁ 43

ABE ORAZ MILLER

MILLER BYŁ ZADOWOLONY z wyniku, gdy odwoził Abe'a do domu. Jedyną rzeczą, która mogłaby zmienić sytuację Katie w ciągu następnego miesiąca, byłoby zgłoszenie się krewnego. W przeciwnym razie dziecko pozostanie pod ich opieką na czas nieokreślony.

Abe milczał, dopóki samochód nie zatrzymał się przed jego domem. "Co się stanie, jeśli Briggs dopnie swego i Katie zostanie wysłana do zupełnie obcych ludzi?

"Wygraliśmy wyrok na naszą korzyść, nie martwmy się o to teraz.

"Ale ja się martwię. Jestem pewna, że Benjamin i El też będą zaniepokojeni. Czy powinniśmy powiedzieć dziecku, że może być z nami tylko przez miesiąc? Żeby ją przygotować?"

"Miesiąc dla takiej małej dziewczynki jak Katie to bardzo długo - powiedział Miller. "A ona wciąż opłakuje swoją matkę.

"To będzie trudna droga, ale dziękuję - powiedział Abe, wysiadając z samochodu. Pomachał, gdy sierżant Miller odjechał.

ROZDZIAŁ 44

KATIE

K IEDY KATIE SIĘ OBUDZIŁA, wpatrywała się w sufit. Małe płatki róż wyglądały dziś jeszcze piękniej, gdy świeciło na nie słońce. Patrzyła na czerwone płatki, tańczące w powietrzu, toczące się i fruwające jak w filmie.

El spała obok niej, a Benjamin spał na krześle. Przypomniała sobie, że wydarzyło się coś wspaniałego, a potem coś mniej wspaniałego.

Zamknęła oczy i próbowała przypomnieć sobie zarówno to, co dobre, jak i to, co złe. Pomyślała o mężczyźnie w policyjnym mundurze i przerażającej kobiecie. Wzdrygnęła się, przypominając sobie, że kobieta ją złapała.

Potem sobie przypomniała. Zła kobieta powiedziała, że jej mama nie żyje, ale tak nie było. Zawyła.

Benjamin i El objęli dziecko ramionami.

"Ona nie umarła", powiedziała ze łzami w oczach.

"Wszystko będzie dobrze - powiedziała El, walcząc ze łzami.

"Jesteśmy tu dla ciebie - uspokoił Benjamin.

Benjamin wiedział, że nie może odebrać jej bólu, to był jej ból i tylko jej. Sam doświadczył tego samego bólu po stracie. Dzięki temu wiedział, że może jej pomóc, dzieląc jej ból, tak jak Abe zrobił to dla niego dawno, dawno temu. Wtedy przelał swój ból na Abe'a, teraz pozwolił Katie przelać swój ból na niego.

ROZDZIAŁ 45

GDZIE ONI SĄ?

K IEDY ABE WSZEDŁ DO środka, znalazł Benjamina i El w pokoju Katie.

"Muszę z tobą porozmawiać, El - wyszeptał.

El wyszła, zostawiając Benjamina i Katie przy uchylonych drzwiach.

Abe wziął żonę za rękę i poprowadził ją korytarzem.

"Zabierają ją od nas? - zapytała.

"Chodź do kuchni, kiedy będziemy mogli spokojnie porozmawiać.

Benjamin obudził się i podsłuchiwał, dopóki nie oddalili się do kuchni.

"Nie, wygraliśmy dzisiaj, może zostać z nami przez co najmniej kolejny miesiąc, a być może bezterminowo.

"Cieszę się, że nie trzeba jej przenosić. Nie jest w formie, by zabierać ją do życia z obcymi. Nie zniosłabym tego.

"To tylko tymczasowe, ale dzięki poparciu sierżanta Millera to wygrana".

"Musimy powiedzieć Benjaminowi.

Poszli do pokoju Katie. Spała, ale Benjamina nigdzie nie było. Wracając do pokoju Katie, El pogłaskała dziewczynkę po głowie. Odrzuciła kołdrę: to była lalka, a nie Katie. "O nie!" wykrzyknęła.

Starsza para przeszukała każdy pokój w domu, a następnie udała się do ogrodu. Wciąż nie było śladu ani Katie, ani Benjamina.

"Gdzie oni mogli pójść?" zapytała El.

"Nie wiem - odpowiedział Abe.

"Była taka zrozpaczona. Uspokoiliśmy ją, zanim poprosiłaś o rozmowę ze mną. Sapnęła. "Może Benjamin myślał, że ją zabiorą, więc zabrał ją, zanim zdążyli. Kiedy wywołałaś mnie z pokoju... Musiał tak pomyśleć". Rozpłakała się w dłonie.

"Nie mogli odejść daleko.

ROZDZIAŁ 46

BENJAMIN ORAZ KATIE

W ZIĄŁ ŚPIĄCE DZIECKO NA ręce i wsiadł do zamówionej taksówki.

"Moja siostra zasnęła, zanim zdążyłem zabrać ją do domu - wyjaśnił.

Kierowca wzruszył ramionami.

Benjamin pogłaskał Katie po włosach, gdy spała. Zabranie jej było jedynym sposobem na zapewnienie jej bezpieczeństwa. Wokół czyhały niebezpieczeństwa. Niebezpieczeństwa, przed którymi tylko on mógł ją ochronić.

Czterdzieści pięć minut później, po drugiej stronie miasta. "Możesz nas tu podrzucić - powiedział Benjamin.

"Na pewno jest spokojnym śpiochem - powiedział kierowca. Wysiadł i otworzył drzwi. Benjamin włożył mu do ręki kilka banknotów.

Mężczyzna przy drzwiach otworzył je, a on odebrał klucz. W windzie Katie poruszyła się na chwilę, po czym ponownie zasnęła.

Dotarłszy na siódme piętro, otworzył drzwi i ostrożnie położył ją na łóżku. Zasunął zasłony, okrył ją kocem i usiadł na krześle obok łóżka. Zasnął.

"Co się stało? Gdzie ja jestem?" zapytała Katie, przecierając oczy i próbując wstać z łóżka. Nie mogąc tego zrobić, pozostała na poduszce. Minęło kilka godzin, a ona była w nieznanym miejscu. Miejscu, które pachniało watą cukrową i przypalonymi tostami.

Benjamin czekał, aż Katie dojdzie do siebie, zanim się do niej odezwał. Gdy leki, które jej podał, przestały działać, mógł z nią porozmawiać. Wyjaśnić pewne rzeczy. Uspokoić ją.

Nie chciał, żeby krzyczała. Ktoś mógłby ją usłyszeć, gdyby krzyczała. Wtedy musiałby ją skrzywdzić. Nie chciał jej skrzywdzić.

ROZDZIAŁ 47

ABE ORAZ EL

"**L**EPIEJ ZADZWOŃMY DO SIERŻANTA Millera i dajmy mu znać - powiedział Abe.

El go powstrzymał. "Dlaczego? Wszystko będzie dobrze. Sprowadzi ją z powrotem. Nie odejdzie daleko, nie bez swojej lalki".

"Mam złe przeczucia - powiedział Abe. "Dzwonię do sierżanta Millera. Wstał i podszedł do telefonu. Podniósł słuchawkę i zaczął wybierać numer.

"Masz rację, Abe. Przybliżyła się do niego, gdy jej mąż odłożył telefon i odwrócił się, by odejść. "To my musimy to zgłosić. Oboje dzieci zaginęło.

Podążyła tuż za mężem. "To nasza odpowiedzialność. Musimy znaleźć dzieci, i to szybko.

"I znajdziemy, nie ma powodu do paniki.

"Być może - powiedziała El, podczas gdy Abe ponownie odłożył słuchawkę. "Być może. Ale..." El podeszła do drzwi wejściowych. "Wychodzę na zewnątrz, żeby ich zawołać. Może się ukrywają. Bawią się w chowanego.

Abe złapał ją za ramię. Wciągnął ją z powrotem do środka, do salonu.

El patrzyła w milczeniu, jak jej mąż chodzi i z każdą chwilą staje się coraz bardziej niespokojny.

ROZDZIAŁ 48

KATIE

N A KRZEŚLE OBOK łóżka siedział Benjamin. Wyglądał jak Benjamin, a potem już nie. Był zamazany i odległy.

Gdzie był El? Gdzie był Abe?

Spojrzała na sufit, w tym pokoju nie było tańczących płatków róż. Pokój zaczął wirować, a jej żołądek podszedł do gardła.

Benjamin był przy niej, trzymając wiadro z lodem, w którym wymiotowała. Kiedy skończyła, poszedł do łazienki i spłukał zawartość wiadra w toalecie. Spuścił chłodną wodę na myjkę i wrócił, by położyć ją na czole dziecka.

"Już lepiej?" zapytał, gdy jego telefon zawibrował. Dzwonił Abe. Wyłączył telefon, wyjął baterię. Położył go na ziemi i tupnął w niego, po czym wyrzucił resztki do kosza.

Katie patrzyła w milczeniu, aż wrócił. "Tak, dziękuję - powiedziała. Usiadł na końcu łóżka, patrząc na nią. "Gdzie jesteśmy? Gdzie jest moja mamusia? Chcę do mamy! A gdzie są Abe i El? Chcę El."

Benjamin odwrócił się i wstał. "Musieli odejść. Tak jak twoja mama musiała odejść. Przeszedł przez pokój i opadł na krzesło. Podciągnął nogi, tak że siedział w pozycji jogi, po czym zamknął oczy, jakby planował medytację.

Katie zaszlochała.

Otworzył oczy. "Teraz ty i ja, ty i ja, dziecko." Ponownie zamknął oczy i zakrył twarz.

Katie zaczęła zawodzić: "Chcę do mamusi. Chcę do mamy!"

Benjamin ruszył w jej stronę po podłodze.

Odsunęła się od niego, owijając wokół siebie ramiona.

ROZDZIAŁ 49

EL ORAZ ABE

E L BYŁA CORAZ BARDZIEJ zniecierpliwiona bezczynnością Abe'a.

"Musimy coś zrobić teraz - powiedziała. "Czas ucieka i wszystko może się zdarzyć. Żałuję, że nie powstrzymałam cię przed zadzwonieniem do Alexa. Chciałabym..."

Sięgnęła po telefon.

"Nie rób tego - powiedział Abe, chwytając ją za ramię. "Po prostu nie.

ROZDZIAŁ 50

UCZUCIE...

SIERŻANT MILLER MIAŁ AKTA czekające na biurku, gdy wrócił do swojego biura. Przejrzał raport potwierdzający, że zmarła kobieta nazywała się Margaret (Maggie) Monahan. Zatrzymał się i usiadł na krześle. Chwila. Matką Katie była Jennifer Walker. Ale raport DNA pasował do Katie.

Pochylił się do przodu i kontynuował czytanie o Margaret Monahan. Gdy jego palec przesunął się w dół jej biografii, potwierdził powiązanie: siostra. Margaret Monahan była mężatką siostry Jennifer Walker.

Czytał dalej, odkrywając, że oboje rodzice zmarli przed narodzinami Katie. Więc nigdy nie poznała swoich dziadków.

Pomyślał o reakcji Katie na tę wiadomość. Jak stanowczo nie chciała w to uwierzyć - i miała rację.

Miller wyszedł z biura, chcąc gdzieś pójść, ale nie wiedząc jeszcze dlaczego. W jego głowie pojawiło się imię Abe'a. Dlaczego? Zadzwonił do niego. Bez odpowiedzi. A jednak coś go dręczyło. Poszedł do samochodu, włączył syrenę, która rozdzieliła ruch ze wszystkich stron, gdy jechał do domu Abe'a.

Gdy wjechał na podjazd, od razu zauważył, że drzwi wejściowe są szeroko otwarte. Sąsiedni sklep miał na szybie napis ZAMKNIĘTE.

Miller wszedł do środka, wołając: "Jest ktoś w domu? Tu Alex Miller. Abe? El?"

Dom był schludny i cichy. Nie było słychać telewizora ani radia. Ale coś było nie tak, jego przeczucie było słuszne. Wyciągnął broń i skręcił za róg, prowadzący do salonu.

Na podłodze leżało ciało El Juliusa.

ROZDZIAŁ 51

ABE

P O PRÓBIE DODZWONIENIA SIĘ do Benjamina - bez odpowiedzi - Abe wyszedł na ulicę i zatrzymał taksówkę.

"Zawieź mnie na dworzec kolejowy - zażądał, grzebiąc w portfelu. W pośpiechu zapomniał zabrać dodatkowej gotówki. Dostanie ją na stacji.

"Jasne - powiedział kierowca, po czym włączył radio.

Abe bezskutecznie próbował dodzwonić się do Benjamina. Czy chłopak byłby tak idiotyczny, żeby zabrać dziecko do ich sekretnego miejsca?

ROZDZIAŁ 52

KATIE ORAZ BENJAMIN

BENJAMIN OBJął KATIE RAMIENIEM i usiedli obok siebie na łóżku, nie odzywając się. Wtuliła się w niego.

"Benji - powiedziała, owijając ramiona wokół jego talii.

Pocałował ją w czubek głowy. Nucił kołysankę, dopóki nie zasnęła. Zakrył uszy. Nienawidził dźwięku brzęczącej mini lodówki. Wyciągnął wtyczkę ze ściany.

ROZDZIAŁ 53

MILLER ORAZ EL

"JEZU, EL - POWIEDZIAŁ Miller, przyklękając na jedno kolano, by wyczuć jej puls. Był tam, słaby, ale był. Ujął jej głowę w ramię, a ona otworzyła oczy.

"Kto ci to zrobił?"

"Abe - wyszeptała.

Miller pochylił się bliżej, nie słyszał dobrze. Czyżby?

"Abe. To był Abe - powiedziała, przewracając oczami, podczas gdy wolną ręką wpisał 911 w telefonie.

Po tym, jak karetka odjechała z wrzaskiem syreny, sierżant Miller próbował znaleźć Abe'a, Benjamina i Katie. Gdzie oni byli? Czy wszyscy poszli gdzieś razem, zostawiając El w takim stanie?

Kiedy Miller przeglądał wszystko, nic nie miało sensu, zadzwonił jego telefon. Miał nadzieję, że ktoś coś wie. El miała wyzdrowieć. Musiało tak być.

"Przykro mi, sierżancie, ale doszło do zatrzymania akcji serca" - powiedział kierowca karetki. "Nie mogliśmy jej uratować".

"O nie - powiedział Miller, rozłączając się.

Musiał to przemyśleć. Musiał oczyścić głowę. Musiał znaleźć Katie Walker i powiedzieć jej, że miała rację. Jej matka naprawdę nie umarła, ale El tak. Jak miał im to przekazać?

Miller zadzwonił na posterunek i poprosił o wysłanie zespołu, który namierzy wszystkie połączenia przychodzące.

"Jak najszybciej - mam na myśli wczoraj" - powiedział.

Chwilę później zespół był w drodze do domu Juliusa.

ROZDZIAŁ 54

BENJAMIN ORAZ KATIE

P ODTRZYMUJĄC GŁOWĘ KATIE, BENJAMIN kołysał się w
przód i w tył. Udawał, że znajdują się w bujanym
fotelu, choć wcale tak nie było. Zamiast tego byli w
sekretnym miejscu. Sekretnym miejscu, do którego
udawały się wszystkie zapomniane dzieci.

Inne dzieci biegały i bawiły się, podczas gdy Katie
spała dalej. Benjamin pomachał do nich, po czym
przyłożył palce do ust.

"Cicho", wyszeptał.

Bawił się jej włosami, myśląc o tym, jak wyjaśni
decyzję, którą podjął. To nie był pierwszy raz,
kiedy zabierał kogoś do sekretnego miejsca: miejsca
wewnątrz obrazu Słoneczniki Van Gogha.

Ale Katie była najmłodsza, więc musiał ostrożnie
dobierać każde słowo. Zdawał sobie sprawę, że
kiedy po raz pierwszy się obudzi, będzie przerażona.
Dlatego też podał jej więcej leku nasennego, podczas
gdy sam zdecydował, co zrobić. Miał nadzieję, że jej
przejście będzie spokojne i proste. Teraz też była

sierotą. Będą razem, z innymi dziećmi. Nikt nie musiał być sam, nie tutaj, w tym nowym świecie.

Przypomniał sobie, jak po raz pierwszy obudził się w świecie Van Gogha. Abe nigdy nie domyślił się, że był poza swoim ciałem, podczas gdy starzec robił mu podłe rzeczy.

A teraz nigdy się nie dowie. Ponieważ on, Katie i inni byli bezpiecznie ukryci w nowym świecie, do którego dorośli nie mieli wstępu.

ROZDZIAŁ 55

ABE

PRZYBYWAJĄC NA STACJĘ KOLEJOWĄ, Abe spojrzał na rozkład jazdy. Kupił bilet, a następnie zsynchronizował zegarek z przewidywanym czasem przyjazdu. Musiał trochę poczekać. Czekać i martwić się. Przeszedł przez peron, usiadł na pustej ławce i zaczął przeglądać swoje zmartwienia jedno po drugim. Ta metoda radzenia sobie z każdym problemem była dla niego cenną strategią w przeszłości.

Najpierw zrobił mentalną listę, zaczynając od El, Benjamina i kończąc na Katie. Była to krótka lista, z którą mógł sobie szybko poradzić.

Incydent z El był niefortunny. Przesadziła, co spowodowało, że on zrobił to samo. Gdyby tylko pozwoliła mu zająć się sprawami.

Zrobiła to w przeszłości, unikając w ten sposób konfrontacji. Nie uderzył jej mocno. To było tylko miłosne uderzenie. Wyzdrowieje i wszystko wybaczy, jak zawsze. Zadzwonił do domu, by sprawdzić, co u niej.

"Halo", zaszczekał męski głos, gdy Abe udał się do bankomatu. Następnie wypłacił trochę pieniędzy, sprawdził, na który peron przyjedzie jego pociąg i udał się tam.

Abe nie odezwał się, ponieważ został ogłuszony ciszą, gdy rozpoznał głos Alexa Millera na drugim końcu. Co on tam robił? Czy El zadzwoniła do niego? Czy zamierzała wnieść przeciwko niemu oskarżenie? W przeszłości nigdy by tego nie zrobiła, ponieważ zawsze rozwiązywali to między sobą.

"Abe, czy to ty? El nie żyje. Abe? Abe?"

Abe nie mógł w to uwierzyć. El nie mógł nie żyć. Puścił telefon, który uderzył o chodnik. Usłyszał, jak Alex woła jego imię, podniósł słuchawkę. Dzięki Bogu, wciąż działał.

"Ona co? Nie, nie może być!"

Za nim zespół funkcjonariuszy Millera śledził miejsce pobytu Abe'a, próbując zsynchronizować jego telefon i nadać jego lokalizację. Oficer użył sygnałów ręcznych, aby wskazać, że potrzebują więcej czasu.

Miller powiedział. "Uderzyła się w głowę, zadzwoniłem po karetkę, ale nie dotarła do szpitala. Gdzie są dzieci? Ani Katie, ani Benjamina nie ma w domu. Gdzie jesteś?"

Abe ruszył w stronę schodów, chcąc wrócić do domu. Musiał trzymać się planu. Znaleźć Benjamina i Katie.

Oficer ponownie wskazał Millerowi, że powinien przedłużyć rozmowę, utrzymując go na linii.

"Kiedy tu dotarłem, drzwi wejściowe były szeroko otwarte. Martwiłem się o ciebie, Abe. Jesteśmy przyjaciółmi od tak dawna, że miałem przeczucie. Jakbyś mnie potrzebował, czy coś - Miller spojrzał w tamtą stronę, namierzając jego lokalizację.

Kontynuował. "Właśnie myślałem o czasie, kiedy zabraliśmy moich dwóch chłopców na łódkę i łowiliśmy ryby. Pamiętasz? Wydaje się, że to było tak dawno temu, że powinniśmy to powtórzyć. Tym razem moglibyśmy zabrać Benjamina i Katie. Spodobałoby im się. Nie sądzisz?"

powiedział Abe. "Nie mogę uwierzyć, że El nie żyje. Jak ona może nie żyć? Kto mógłby skrzywdzić El? Przerwał, po czym zapytał: "Czy ona coś powiedziała?

"Nie, Abe, była nieprzytomna, kiedy przyjechałem. Jestem w służbach tak długo i jesteśmy przyjaciółmi od tak dawna, że chyba jesteśmy ze sobą związani. Jak powiedziałem, kiedy przybyłem, drzwi były szeroko otwarte.

Abe wziął wdech.

"Wszystko w porządku? Gdzie jesteś? Przyjadę po ciebie, będziesz chciał ją zobaczyć i znajdziemy dwójkę dzieci, muszą wiedzieć.

Rozległ się gwizd pociągu, po którym nastąpił odgłos szarpania.

"Muszę już iść - powiedział Abe. Jego stary przyjaciel gadał jak najęty, czego nie robiłby w normalnych okolicznościach. El coś powiedział. Teraz próbowali znaleźć jego lokalizację. Wyrzucił telefon do kosza na śmieci.

"Zaczekaj Abe! krzyknął Miller, patrząc na oficera.

"Mamy jego lokalizację, na stacji kolejowej po wschodniej stronie. Właśnie sprawdziłem i pociąg na peronie odjechał, ale on wciąż jest na peronie".

"Prześlij mi lokalizację, zaraz tam pojadę".

"Tak zrobię" - powiedział oficer.

Kiedy wsiadł do samochodu, umieścił migające światło na dachu. Włączył syreny, co pozwoliło mu przebijać się przez zatłoczone korki jak przez masło.

ROZDZIAŁ 56

ABE I POCIĄG

W POCIĄGU ABE USIADŁ z dala od innych pasażerów, by móc spokojnie pomyśleć. El odeszła. Nie żyła. Zabił ją, ale to był wypadek. Nie chciał jej skrzywdzić. Jego życie nie było nic warte bez niej.

Na pierwszym przystanku obserwował pasażerów na peronie. To było irytujące widzieć ich chodzących jak roboty, skupionych na swoich telefonach. Gdyby ktoś wszedł za nimi, mogliby zepchnąć ich na tory. Byliby martwi, zanim zorientowaliby się, co się stało. Smutne, do czego doszedł świat. Chodzące roboty.

Dlatego tak długo unikał używania telefonu komórkowego. Dopiero Benjamin nauczył go, jakie korzyści płyną z posiadania go pod ręką, więc dał mu szansę. Kiedy się spotykali, pisali do siebie SMS-y. Ich wiadomości były szyfrowane, więc nikt inny nie wiedział, o czym rozmawiają. To było ekscytujące, zabawne.

Myśląc o śmierci El, Abe wymyślił w głowie historię. Opowiedziałby ją sierżantowi Millerowi następnym razem, gdy go zobaczy. Zacząłby od opowiedzenia swojemu staremu przyjacielowi, jak Benjamin bał się, że zabiorą Katie pod opiekę. Benjamina, który był maltretowany w systemie zastępczym. Jak biedny i zrozpaczony nastolatek przypadkowo popchnął El. El upadł na podłogę. Jak on sam sprawdził, czy El jest przytomna, a następnie, za zgodą El, wybiegł z domu, by znaleźć Benjamina, który zabrał Katie po tym, jak zranił El i uciekł.

Tak, po tym wszystkim, co zrobił dla chłopca, przekonałby go do tej historii. Miał swoje sposoby na przekonanie chłopca do zrobienia wszystkiego, czego chciał.

Ktoś przesunął się na miejsce za nim: kobieta po zapachu perfum. Rozejrzał się, tak, młoda kobieta. Może dwadzieścia pięć lat. W drodze do pracy lub na imprezę, pomyślał, ubrana na dziewiątkę. Patrzył, jak wyciąga jabłko z torby i wzdrygnął się, gdy wzięła jeden kęs, a potem kilka kolejnych. Żuła z otwartymi ustami. Odrobina soku jabłkowego chlapnęła mu na szyję. Wytarł go. Obrzydliwe i irytujące. Chrupała i żuła. Chrupała i żuła. Czekał na kolejne chrupnięcie, czekał z napiętymi ramionami, ale ono nigdy nie nadeszło. Spojrzał za siebie, by zobaczyć dlaczego i odkrył, że kobieta się dusi.

"Czy ktoś zna manewr Heimlicha?" krzyknął Abe, ale on i kobieta byli jedynymi osobami w powozie.

Zamknął usta, zdając sobie sprawę, że jego krzyk zwrócił uwagę na sytuację i przez ułamek sekundy, a może nawet dłużej, żałował, że nie pozwolił kobiecie się udusić.

Gdy współpasażerowie ruszyli w ich stronę, uderzył kobietę mocno w plecy, a ona wypluła jabłko na podłogę.

ROZDZIAŁ 57

MILLER W POŚCIGU

MILLER PRZEBRNĄŁ PRZEZ KORKI. Zajął miejsce przy wejściu na stację kolejową. Zostawił migające światła, aby funkcjonariusze nie mogli go zatrzymać. Wbiegł po schodach.

"Już prawie jesteś. Na wprost. Na lewo od ciebie" - powiedział oficer nadzoru.

"Jedyną rzeczą na peronie oprócz mnie jest kosz na śmieci" - powiedział Miller. Poszedł w jego kierunku.

"Tak, to stamtąd pochodzi sygnał".

Sierżant Miller założył rękawiczki i włożył ręce do kosza. Odrzucając na bok skórkę od banana, znalazł to, czego szukał: Telefon Abe'a.

"W czym mogę pomóc?" - zapytał konduktor.

"Tak, ile czasu minęło od odjazdu ostatniego pociągu?".

"Piętnaście minut temu, ale nie odjechali daleko".

Miller zrobił podwójne spojrzenie. "Jak to?"

Konduktor kontynuował. "Pociąg zatrzymał się z powodu nagłego wypadku z pasażerem na pokładzie. Karetka zabrała kobietę i jest w drodze do szpitala.

Ofiara jabłka, które utkwiło jej w gardle. Mówią, że nic jej nie będzie, sprawdzają ją tylko dla celów ubezpieczeniowych".

"Jaki był ostateczny cel podróży pociągu?" zapytał Miller.

"To ekspres, więc tylko jeden przystanek na końcu linii".

"Dziękuję - powiedział Miller. Zbiegł po schodach do swojego pojazdu i włączył syrenę.

ROZDZIAŁ 58

ABE DOBRY SAMARYTANIN

Już NIE W POCIĄGU, Abe trzymał za rękę kobietę, którą uratował. Znajdowali się na tyłach karetki i byli w drodze do szpitala.

Wkrótce po tym, jak wypluła jabłko, przyjechała karetka. Irytująca młoda kobieta odmówiła wejścia do pojazdu, chyba że Abe pojedzie z nią do szpitala.

"On jest moim Dobrym Samarytaninem" - powiedziała kobieta.

Po tym, jak ratownicy medyczni wepchnęli kobietę do szpitala na noszach, Abe dostrzegł swoją szansę na ucieczkę. Zadzwonił po taksówkę. Gdy czekał na peronie, kierowca karetki wyszedł.

"Dziękuję za opanowanie sytuacji i uratowanie jej życia".

"Jasne", powiedział Abe przez otwarte okno. Następnie do kierowcy: "Podrzuć mnie na róg Magnolii i Oaka".

Biała furgonetka odjechała, a kierowca karetki wsiadł do kabiny swojego pojazdu. Przez radio nadano komunikat, w którym poproszono wszystkich kierowców, aby wypatrywali mężczyzny odpowiadającego rysopisowi Abe'a.

ROZDZIAŁ 59

MILLER ORAZ ABE

Z ADZWONIŁ TELEFON MILLERA. "DZWONIŁ kierowca karetki. Powiedział, że mężczyzna pasujący do opisu Abe'a odjechał kilka minut temu białą furgonetką. Tak, ze szpitala. Powiedział, że Abe uratował życie kobiecie w pociągu".

"Brzmi bardziej jak Abe, którego znam. Czy kierowcy udało się zdobyć numer rejestracyjny?"

"Nie, ale słyszał, jak starszy pan prosił o zawiezienie go na róg Magnolii i Oaka.

"Jestem już prawie na miejscu - powiedział Miller, rozłączając się. Zastanawiał się, co znajduje się w pobliżu - była to dobrze znana dzielnica, w której prostytutki kręciły się po ulicach nawet w ciągu dnia.

Kilka przecznic później biała furgonetka zatrzymała się na światłach w pobliżu Magnolii. Miller wysiadł ze swojego pojazdu i podszedł do pasażera. Abe nie należał do młodych, ale nie chciał ryzykować, że ktoś ucieknie. W pojeździe nie było pasażera.

Abe błysnął swoim dowodem osobistym, a następnie zapytał, czy przywiózł pasażera, starszego dżentelmena w to miejsce. Mężczyzna skinął głową. "Gdzie on poszedł?"

"Wysiadł kilka przecznic dalej. Zapłacił mi gotówką i powiedział, że resztę drogi przejdzie pieszo".

"Tak blisko", powiedział Miller, wracając do swojego pojazdu, po czym zmienił zdanie i ruszył na chodnik. Spojrzał w górę i w dół - ani śladu Abe'a. Przeszedł przez ulicę, zrobił to samo i zobaczył kogoś wychodzącego ze sklepu z torbą. Musiał przebiec kilka przecznic, by go dogonić - ignorując światła - ale w końcu go dostrzegł.

Miller patrzył, jak jego stary przyjaciel wchodzi po schodach. Concierge otworzył przed nim drzwi, uchylając kapelusza.

Miller pomachał mu odznaką i wszedł do środka. Drzwi windy zamykały się i jechały na siódme piętro. Rozważał wejście po schodach, ale zamiast tego poczekał, aż winda zjedzie z powrotem na dół. Wszedł do środka, nacisnął przycisk i w ciągu kilku chwil znalazł się na właściwym piętrze, gdzie miał do wyboru cztery drzwi. Które z nich należały do Abe'a? I co on robił w mieszkaniu w tej okolicy? Ostrożnie przechodził od drzwi do drzwi, nasłuchując, czy zza drzwi nie dochodzą jakieś dźwięki.

Nic nie słyszał, dopóki nie dotarł do drzwi numer cztery.

ROZDZIAŁ 60

POKÓJ

Wewnątrz pokoju Abe stał nieruchomo, próbując złapać oddech. Czy on postradał zmysły? Przez chwilę wydawało mu się, że zauważył tam Alexa Millera. Niemożliwe, żeby jego stary przyjaciel go śledził - porzucił swój telefon.

Otworzył torbę, rozpakował swój nowy telefon i podłączył go do ładowania. Następnie wyciągnął dwie torebki cukierków - ulubionych słodyczy Benjamina. Wsypał je do naczynia, które postawił na nocnym stoliku.

Gdy rozejrzał się po pokoju, zauważył dwie szklanki na stoliku do kawy. A więc tam były, albo już były. Zdał sobie sprawę, że chce mu się pić, nalał sobie chłodną szklankę wody.

Wypił ją, a następnie nalał drugą szklankę i przyłożył ją do czoła. Czuł się dobrze, więc trzymał ją na miejscu, rozglądając się po pokoju.

Za nim kapał kran. Przypomniał sobie, jak leżał w łóżku po jednej z wielu sesji z Benjaminem śpiącym obok niego. Nawet wtedy z kranu kapało. Musiał wstać z łóżka, dokręcić go. Wrócić do łóżka i znowu kap kap kap kap. Pod zlewem znalazł klucz i naprawił problem, ale teraz problem powrócił. Minęło trochę czasu odkąd byli razem.

Usiadł na krawędzi łóżka. "Katie? Benjamin?" Brak odpowiedzi. Spróbował ponownie, podnosząc kołdrę, by zajrzeć pod łóżko. "Słyszę, jak oddychasz. Ruszył w stronę balkonu: "Wyjdź, wyjdź, gdziekolwiek jesteś".

ROZDZIAŁ 61

CZEGO?

CZEKAJ. MILLER ZADAŁ SOBIE pytanie, czy Abe wypowiedział ich imiona na głos? Przysunął ucho bliżej. Znowu to było, starzec wołał dzieci, jakby bawiły się w chowanego. Miller podrapał się po głowie. Ton, którego używał Abe, był żartobliwy i znajomy. Jakby robił to już wcześniej.

W pokoju usłyszał kroki, a następnie dźwięk otwieranych i zamykanych drzwi. Miller przyłożył ucho do drzwi, gdy spłukał toaletę, kran zapiszczał, drzwi się otworzyły, a kroki przeszły przez pokój, w którym skrzypiało łóżko. Chwilę później Miller usłyszał głośne chrapanie. Żona Abe'a nie żyła, a on ucinał sobie drzemkę.

ROZDZIAŁ 62

MARZENIE

A BE ŚNIŁ, ŻE WRÓCIŁ do domu i był z El. W jednej chwili latali razem po niebie. W innej leżeli razem na łóżku.

Szepnęła mu do ucha: "Abe".

"Abe", wyszeptał Benjamin.

"Benjamin?" powiedział, wstając z łóżka. Bez odpowiedzi.

Abe podszedł do szafy. Przypomniał sobie Benjamina sprzed lat, kiedy po raz pierwszy pojawił się w ich domu. Bał się wszystkich i wszystkiego i znalazł pocieszenie, chowając się w szafie.

"Wiem, że tam jesteś - powiedział, otwierając drzwi. Rzeczywiście, Benjamin tam był. Daleko, daleko pod ścianą, siedząc ze skrzyżowanymi nogami.

Abe pomacał ścianę, szukając włącznika światła. Nie było żadnego.

"Wyjdź, Benjamin - zachęcił. "Przyniosłem ci czekoladki i cukierki: twoje ulubione. Chłopiec jednak nie ruszył się z miejsca. Abe wycofał się do miejsca, gdzie ładował się telefon. Prawie w połowie. Pobrał aplikację latarki. Wypróbował ją i działała dobrze. Wszedł do szafy, oświetlając sobie drogę telefonem.

Benjamin trzymał coś w ręku, poszarpaną lalkę. Abe wycelował latarką. To, co trzymał, nie było lalką: to była Katie.

Podszedł bliżej. Wyciągnął rękę i dotknął policzka chłopca, a potem dziewczynki - oba były zimne jak kamień. Krzyknął tak, by obudzić zmarłych.

ROZDZIAŁ 63

PRZEŁOM

MILLER WYWAŻYŁ DRZWI BUTEM. Będąc już w środku, wyciągnął broń z kabury, gdy Abe wyszedł z szafy. Niczym zombie kołysał się po podłodze, po czym upadł najpierw na kolana, a następnie twarzą w dół na podłogę.

Miller wciąż trzymał broń wycelowaną w Abe'a, który szlochał i jęczał jak człowiek, który postradał zmysły. Miller podszedł bliżej, próbując zrozumieć, co mówi. Na początku nie mógł tego zrozumieć, potem usłyszał: "Martwy. Martwy. Martwy."

Odwrócił się w stronę szafy, a ponieważ drzwi były już otwarte, wszedł do środka. Było zbyt ciemno, nic nie widział. Wyszedł, użył latarki taktycznej na swojej broni i wrócił do środka.

ROZDZIAŁ 64

CIAŁA

Ś WIATŁO LATARKI BYŁO ZBYT silne jak na tak małą przestrzeń. Promienie odbijały się i tworzyły ciemne cienie, zanim skupiły się na tym, co tam było. Dwoje dzieci: Benjamina i Katie.

Na początku myślał, że śpią. Skierował światło na ich oczy. Najpierw chłopiec, potem dziewczynka. Teraz był pewien. Widział to wiele razy. Dwójka dzieci wyglądała jak zwłoki ułożone na płytach w kostnicy.

Dotknął twarzy Katie i wzdrygnął się: była zimna jak kamień. Biedne dziecko. Umarło, nie wiedząc, że miała rację co do swojej matki. Benjaminowi też było zimno.

Wiedział, że nie powinien ich ruszać. Nie powinien naruszać ich ostatecznego miejsca spoczynku. A jednak, mimo że wiedział lepiej. Nawet jeśli zdawał sobie sprawę, że naruszy dowody, nadal to robił.

Miller najpierw musiał je rozplątać. Benjamin objął Katie ramionami, jakby próbował ją chronić. Jej głowa kołysała się i spoczywała na jego ramieniu. Jej włosy, pachnące miodem, ocierały się o jego policzek, gdy kładł ją na łóżku. Wrócił do szafy, rzucając okiem na

Abe'a. Wciąż leżał na podłodze, patrząc przed siebie jak zombie. Miller podniósł Benjamina i położył go na łóżku.

Spoglądając na Abe'a, drapiąc się po głowie, pomyślał o własnych dzieciach. Jak to się mogło stać? Co to miało wspólnego ze śmiercią El? "Co się stało, stary? - powiedział do Abe'a.

Abe podniósł się na kolana. Nie miał siły podnieść się na nogi. Jego głowa opadła, a oczy wpatrywały się w podłogę.

Miller krzyknął: "Co tu się, u diabła, stało?".

Abe zaszlochał, po czym rzucił się na dywan. Wcisnął całą twarz w dywan, jakby uczucie szorstkiego materiału na skórze było dla niego pocieszające.

Miller podszedł bliżej, tak że jego buty dotykały głowy Abe'a. Szepnął: "Katie miała rację - jej matka żyje".

"Co?" odpowiedział Abe.

"Teraz to nie ma znaczenia - powiedział Miller. "Ona nie żyje. Oboje nie żyją.

Tym razem Abe uderzył czołem o podłogę.

Miller nalał sobie szklankę wody. Wypił ją, ale zaraz znów wypił, podczas gdy w tle słychać było kapanie z kranu. Pomyślał o zaniesieniu wody Abe'owi. Nie zrobił tego.

"Wstań, Abe - zażądał Miller. Kiedy Abe się wyprostował, Miller potrząsnął go za ramiona: "Wytłumacz się, człowieku".

Abe zaczął charczeć i płakać. Osunął się na kolana.

Miller podszedł do szafy, wyciągnął koc i okrył nim ramiona Abe'a. Starał się nie myśleć o dzieciach, zamiast tego skupiając się na rzeczach, które musiał zrobić. Musiał zadzwonić do koronera i rozpocząć śledztwo. Dlaczego się wahał? Na co czekał? To nie miało sensu - nic z tego. Dzieci były zimne jak kamień - jakby nie żyły od jakiegoś czasu - podczas gdy według El, nie mogło ich być od dawna. Więc co się stało? Kto był za to odpowiedzialny? Zadzwonił, oferując niewiele wyjaśnień. "Dwoje zmarłych dzieci: przyczyna nieznana" - powiedział.

Czekając na rozmowę z dowódcą, spojrzał na dwójkę dzieci na łóżku. Wyglądały na przestraszone - jakby były śmiertelnie przerażone. Potrząsnął głową. Ludzie mogli umrzeć z wielu powodów, ale nie ze strachu.

Po rozłączeniu połączenia wrócił do Abe'a. "Co tu się stało, na Boga?". Pomógł Abe'owi wstać, prowadząc go do zlewu po szklankę wody.

Abe wziął łyk, po czym powiedział: "Potrzebuję powietrza!". Przeszedł przez pokój i odrzucił drzwi prowadzące na balkon.

Miller stanął w łuku drzwi na patio, bojąc się, że jego stary przyjaciel może skoczyć.

Gdzieś z pokoju dobiegł szloch dziecka.

Abe i Miller odwrócili się w stronę łóżka, dobrze wiedząc, że dźwięk nie dochodził stamtąd. Obaj mężczyźni stali nieruchomo, z wszystkimi zmysłami w pogotowiu, czekając na ponowne usłyszenie dźwięku.

"Koroner - powiedział głos z zewnątrz po pukaniu.

"Otwarte - powiedział Miller, gdy przybył zespół, w tym technicy kryminalistyczni.

Miller spojrzał na Abe'a, który siedział bez wyrazu. Jego niebieskie oczy wyglądały jeszcze bardziej niebiesko ukryte w upiornej bladości.

"Co my tu mamy?" zapytał członek zespołu medycyny sądowej.

"Dwoje martwych dzieci - odpowiedział Miller.

Zespół zabrał się za zabezpieczanie dowodów.

Miller i Abe stali obok siebie, czekając na dźwięk: dźwięk skomlącego dziecka.

ROZDZIAŁ 65

MALARSTWO

A BE PODNIÓSŁ SIĘ I ruszył do przodu, przekrzywiając głowę, jakby coś usłyszał.

Miller nic nie usłyszał. Otworzył usta, żeby coś powiedzieć, ale był jak w transie. Szurał stopami po dywanie.

Abe upadł na kolana, szlochając: "Przepraszam, Benjamin. Tak mi przykro. Chcę tylko, żebyś tu był. Proszę." Jego ciało opadło do przodu, a głowa spoczęła na dywanie.

Miller miał dwa umysły. Jednym z nich było pocieszenie starego przyjaciela, który miał halucynacje. Drugim było pomóc zespołowi - byli prawie gotowi do umieszczenia dwójki dzieci w workach na zwłoki.

Zamiast tego nie zrobił nic, ponieważ Benjamin został zapięty do zielonego worka. Zadrżał, gdy drugi dźwięk zamka błyskawicznego przeciął ciszę.

"Wstań - rozkazał głos znikąd.

Abe zrobił to, podnosząc się na nogi jak marionetka ożywiona przez lalkarza.

"Idź do obrazu - rozkazał głos.

Abe podążał za wskazówkami jak zombie, zatrzymując się przy obrazie Van Gogha.

"Nie! Nie!" krzyknął, zakrywając głowę rękami.

Miller przesunął się bezpośrednio za niego, aby mógł bliżej przyjrzeć się przedrukowi. Zobaczył tylko wazon ze słonecznikami - nie żeby spodziewał się zobaczyć cokolwiek innego. Kiedy Abe znów zaczął mówić, Miller odsunął się.

Abe odsunął ręce od twarzy i szlochał: "Dlaczego? Dlaczego? Dlaczego? Powiedz mi dlaczego?"

Ekipa niosąca ciała dzieci podeszła do drzwi. Jeden z nich zapytał: "Z kim rozmawia ten staruszek?".

Nie odpowiadając, Miller pomachał mu.

Rozległ się głos. Głos chłopca, który brzmiał pusto, jakby dochodził z wnętrza tunelu. "Wiesz dlaczego."

"Benjamin - powiedział Abe. "Kocham cię.

Zespół z workami na zwłoki zatrzymał się. Nie wiedzieli, że głos, który słyszeli, należał do Benjamina - chłopca, którego ciało znajdowało się w jednym z worków, które nieśli.

"Połóż worki z powrotem na łóżku - rozkazał Miller. "Rozpakuj tę z chłopcem - TERAZ".

Zespół wykonał polecenie Millera. Benjamin był biały, miał zamknięte oczy. Wciąż martwy. Miller wpatrywał się w nieruchomą twarz chłopca, gdy jego głos zabrzmiał ponownie.

"Wiesz, co mi zrobiłeś. Wiesz."

"Kochałem cię. Nadal cię kocham - odparł Abe, wyciągając rękę w stronę pustego powietrza.

"Kogo kochał? Z kim on rozmawia, z samym Van Goghiem?" zapytał jeden z członków zespołu.

"Cicho - odpowiedział Miller.

"To, co zrobiliśmy, to była miłość. Ponieważ kochaliśmy się nawzajem - wyznał Abe.

Miller potrząsnął głową. Czy dobrze słyszał? Zacisnął pięści, zmniejszając dystans między nim a byłym przyjacielem.

Abe spojrzał w sufit, jakby myślał, że Benjamin przemawia do niego z nieba.

"Dlaczego musiałeś zabić siebie i Katie? Dlaczego?"

"Zrobiłem to, co musiałem.

"Żeby mnie ukarać?"

"Tak, ponieważ cię znam.

Miller zacisnął pięści.

"Nie dotknąłbym jej - szlochał Abe.

"Nie wierzę ci.

Abe stał nieruchomo przed obrazem z oczami wpatrzonymi w niebo.

Miller wymamrotał do stojącego za nim zespołu słowa: "Ja się tym zajmę".

Zapięli torbę Benjamina i wynieśli dwójkę dzieci z pokoju.

Miller przesunął się tak, że Abe znalazł się bezpośrednio przed nim.

Abe nadal patrzył w niebo. Czas jakby się zatrzymał.

Wtedy z obrazu wysunął się nóż i jednym szybkim ruchem poderżnął Abe'owi gardło.

Przez kilka sekund Abe pozostawał w tej samej pozycji. Jedynym ruchem była krew tryskająca z rany.

Potem grawitacja wzięła górę i Abe upadł na podłogę, a jego głowa zniknęła pod przykryciem łóżka.

CRASH. Oprawiony obraz słonecznika Van Gogha spadł na podłogę. Szklany front roztrzaskał się na tysiąc kawałków.

Miller zawołał zespół z powrotem. Kiedy wrócili do pokoju, podłoga była zakrwawiona. "Gdzie jest jego głowa?" zapytał jeden z nich.

Miller mówił, jakby to było codzienne zdarzenie. "Jest pod łóżkiem".

Jeden podniósł kołdrę, drugi sięgnął pod nią. Włożyli Abe'a do worka na zwłoki z szeroko otwartymi oczami. To stało się tak szybko, że nie zdążył mrugnąć. Zapięli worek na zwłoki.

"Nie kładź dzieci w pobliżu - powiedział Miller. Umieśćcie go w bagażniku, na dachu, gdziekolwiek - ale nie z tymi dziećmi".

"Jasne, zajmiemy się tym.

ROZDZIAŁ 66

SGT. MILLER

MILLER WYSZEDŁ NA BALKON, by zaczerpnąć świeżego powietrza. Musiał to wszystko przemyśleć, bo nic z tego nie miało sensu. Najpierw była śmierć El. Czy wiedziała, co się dzieje z jej mężem i przybranym dzieckiem? Nie wierzył, że mogła wiedzieć. Nie El.

Benjamin i Katie wyglądali, jakby przestraszyli się na śmierć - ale byli martwi na długo przed przybyciem Abe'a do tego miejsca.

Jeśli chodzi o znęcanie się Abe'a nad przybranym synem, to było to pokręcone. Zbyt pokręcone, by o tym myśleć. Nie chciał myśleć o tym, ile razy Abe był gościem w jego własnym domu. O tym, ile czasu spędził z własnymi dziećmi.

Do tego dochodził nadprzyrodzony aspekt tego, co się stało. Sierżant Miller nie wierzył w zjawiska nadprzyrodzone. Widział je jednak i słyszał głosy. Ale jak miał to wyjaśnić? Za milion lat nie byłby w stanie.

Świat oszalał.

Miller wrócił do środka, zatrzasnął drzwi balkonowe i zamknął je. Mężczyzna i kobieta stali tam z odkurzaczem i maszyną do czyszczenia dywanów.

Kobieta zapytała: "Dobrze, jeśli zacznę?" Millera, który skinął głową. Włączyła odkurzacz i przez kilka sekund Miller słuchał, jak szkło jest zasysane do metalowego pojemnika.

"Stop!" rozkazał, przesuwając się po podłodze. Schylił się i podniósł pojedynczy słonecznik na kawałku szkła.

Kobieta wróciła do odkurzania, a Miller podniósł słonecznik do oczu.

Wtedy zobaczył to - ruch - wewnątrz słonecznika. Farby, chromowa żółć, cytrynowa żółć, kolory wirujące i obracające się jak w kalejdoskopie. Poczuł, jak dywan przesuwa się pod nim, gdy upuścił słonecznik, a potem wszystko stało się czarne, gdy upadł na podłogę.

ROZDZIAŁ 67

KATIE BUDZI SIĘ

"**B**ENJAMIN", POWIEDZIAŁA KATIE, "NIE powinnam tu być". Była na huśtawce, a on pchał ją coraz wyżej, ale nie za wysoko.

"Oczywiście, że powinnaś tu być - powiedział Benjamin.

Wokół nich bawiły się dzieci. Kilka było w piaskownicy. Inne chwiejąc się na drążku. Wiele z nich rywalizowało w baseballu i piłce nożnej. Kilkoro grało w gry planszowe, takie jak szachy, warcaby i kulki.

"Jesteś tu mile widziana" - powiedział do Katie chłopiec młodszy od Benjamina.

Miał na sobie dżinsowy kombinezon, bez koszulki pod spodem. Miał złocistą opaleniznę, która sprawiała, że jego blond włosy i niebieskie oczy dominowały na jego wysportowanej twarzy.

"Jesteś tu bardzo mile widziana, moja nowa siostro - powiedziała dziewczynka, młodsza od Katie. Jej włosy układały się w loki, które podskakiwały, gdy biegła. Wyglądała ładnie w niebieskiej sukience z koronką wokół krawędzi, a na jej stopach były białe sandały.

"Ale ja nie jestem taka jak ty - powiedziała Katie. "Ja tu nie pasuję. Słyszałaś sierżanta Millera. Powiedział, że moja mama żyje. Pewnie czeka na mnie na nabrzeżu. Kazała mi się nie ruszać. Będzie się o mnie martwić".

Benjamin popchnął ją wyżej: - Będziesz tu bezpieczna.

Przez park przetoczyły się chwasty. Park wewnątrz rozbitego obrazu Van Gogha Słoneczniki. Miejsce, w którym wszystkie zapomniane dzieci żyły i bawiły się razem na zawsze.

Bo chociaż szklany front roztrzaskał się w tym świecie, pozostał nienaruszony w innym. Zegar każdego dziecka cofnął się.

Cofnął się. Do czasu, gdy straciły dzieciństwo. Kiedy zostały zmuszone do zbyt szybkiego dorastania.

Wewnątrz obrazu dzieci na zawsze pozostały dziećmi. W bezpieczeństwie słonecznych Słoneczników Van Gogha była obietnica. Obietnica, że już nigdy żadne dziecko nie będzie krzywdzone, maltretowane, straszone ani zaniedbywane.

ROZDZIAŁ 68

SGT. MILLER

W KOSTNICY MILLER WYBIERAŁ trumny dla El, Katie i Benjamina - oraz Abe'a. Gdyby mógł, puściłby staruszka do kartonowego pudła, ale nie było mu to na rękę. Musiał więc wybrać cztery trumny dla czterech ciał. Ktoś musiał to zrobić.

Miller miał nadzieję, że dzięki temu zadaniu uda mu się zamknąć sprawę. Wciąż jednak myślał o zaginionej matce Katie, Jennifer Walker. Gdzieś tam była, a jej córka nie żyła, ponieważ zostawiła ją samą na nabrzeżu. Taka tragedia.

Taka strata. Wszystkiemu można było zapobiec. Rodzic miał chronić dziecko - bez względu na wszystko.

Narażać siebie na niebezpieczeństwo, a nie krzywdę dziecka. Kiedy to wszystko poszło nie tak i dlaczego tego nie zauważył?

Miller nie mógł się zamknąć. Nie mógł odzyskać spokoju ducha.

A w jego wnętrzu coś gryzło. Zżerało go od środka. Wrócił do domu Juliusów, mając nadzieję na znalezienie odpowiedzi. Posiadłość wciąż była odgrodzona taśmą, a przy drzwiach wejściowych stacjonował policjant.

"Ktoś tam jest?" zapytał Miller.

"Nie, sierżancie. Sądzę, że na dziś to już koniec. Odkurzyli go w poszukiwaniu odcisków palców i wyjęli wszystko, co chcieli zachować jako dowód. Spojrzał na zegarek. "Planowałem wkrótce wrócić na posterunek. Moja zmiana dobiega końca.

"Czy ktoś jeszcze przyjdzie pilnować tego miejsca przez noc? zapytał Miller.

"Nie sądzę.

"W takim razie idź - powiedział Miller - ja się tym zajmę.

Funkcjonariusz wsiadł do swojego radiowozu i odjechał. Miller patrzył, jak odjeżdża, po czym wszedł do domu.

Gdy znalazł się w środku, pozwolił, by przeczucie, które targało jego wnętrznościami, zaprowadziło go tam, gdzie powinien się udać. W dół holu, wzdłuż korytarza. Do biura Abe'a. Sprawdził biurko: zamknięte. Poszedł do kuchni i wyjął nóż z szuflady. Użył go, by włamać się do biurka. To, czego szukał, siedziało tam, jakby na niego czekało: Księga Abe'a.

Miller przewrócił strony prowadzące do Bożego Narodzenia, szukając zamówień na lalki. Było kilka zamówień na przestrzeni lat, w tym zdjęcia dzieci, ich pełne adresy i zdjęcia dzieci z pasującymi lalkami.

W stosie nie było jednak Katie, ale był w stanie potwierdzić, że osobą, która złożyła zamówienie i odebrała lalkę, był Mark Wheeler.

Znalazł w sumie siedem zamówień z różnych lat. Zdjęcie dziecka obok zdjęcia lalki. Katie była ostatnim zakupem.

Siedział na krześle Abe'a jeszcze przez kilka sekund, przeglądając jego akta. Na uwagę zasługiwał wniosek o adopcję Benjamina. Wynikało z niego, że przejmie również na własność dom i sklep. Nic nie zostało sfinalizowane, ponieważ El go nie podpisał. Chwycił wniosek wraz z księgą i wyniósł je z biura.

Poszedł do pokoju Katie. Przez chwilę nie mógł oddychać. Jej podobna lalka leżała na łóżku, siedziała i patrzyła na niego. Czekała na niego. Gdyby ta rzecz oddychała, nie mogłaby go bardziej ogłuszyć. Nie mogąc się ruszyć, jego zmysły wyostrzyły się.

Najpierw gwizd. Trzepotanie. Powiewające zasłony. Sięganie po lalkę jak macki z tkaniny.

Zadrżał, odwrócił się, by wyjść, ale nie mógł. Owinął ramiona wokół siebie.

"Dobra, dobra", powiedział do nikogo. Podniósł lalkę i wyniósł ją z pokoju do kuchni. Szukał pod zlewem wystarczająco dużej torby, do której mógłby ją włożyć. Nie miał serca wkładać jej do zielonego worka na śmieci - za bardzo przypominał worek na zwłoki. Zamiast tego znalazł niebieską przezroczystą torbę do recyklingu i włożył lalkę do niej stopami.

Zamknął dom, wsiadł do samochodu i przejechał przez miasto. Gdy dotarł do budynku, konsjerż rozpoznał go, więc nie musiał pokazywać odznaki. Dobrze, że miał przy sobie lalkę w dużej przezroczystej torbie.

"Zaprowadzę cię na górę - powiedział Matthew Barry, kierownik recepcji. Zaprowadził go do windy i poprowadził na siódme piętro.

W windzie, w drodze na górę, Miller zadawał sobie wiele pytań, takich jak to, co robi i dlaczego, ale żadne odpowiedzi nie przychodziły.

Jedyne, co wiedział na pewno, to to, że odkąd podniósł lalkę, uczucie, które trawiło jego wnętrzności, zmniejszyło się. Gdy zbliżył się do pokoju, zniknęło ono w tle.

Barry przekręcił klucz w zamku i WHAM, syrena krzyknęła - sprawiając, że menedżer poczuł się, jakby jego mózg miał eksplodować. Biedak klikał w każdy przycisk na ścianie, próbując zatrzymać gwałtowny dźwięk. Kiedy nic nie działało, zakrył uszy, a w końcu odwrócił się i wyszedł z krzykiem z pokoju.

Miller również był pod wpływem syren, ale nie tak bardzo jak Kierownik. Upadł na łóżko, używając poduszek, aby stłumić dźwięk i miał nadzieję, że wkrótce ustanie. Zamknął oczy i stracił przytomność. Kiedy się ocknął, poduszki leżały na podłodze, a w pokoju panowała cisza.

Łyknął trochę wody, a następnie ochlapał twarz. Zauważył, że dywan był nowy, tym razem bardziej miękki. Potem zobaczył coś jeszcze: nowy obraz Van Gogha "Słoneczniki" zamknięty w antycznej złotej ramie.

Podczas gdy z kranu kapało, przyjrzał się obrazowi. Nie zauważył żadnego ruchu, a potem przypomniał sobie o lalce. Zobaczył plastikową torbę na podłodze obok łóżka: była pusta.

Drapiąc się po głowie, odwrócił się i podszedł do drzwi, a gdy położył rękę na klamce, rozległy się dziecięce głosy:

Dziękuję za kwiaty,

Dziękuję za drzewa,

Dziękuję za wodospady,

Dziękuję za bryzę.

Jesteśmy tu teraz razem.

Wolni od krzywdy i bólu

Dziękuję, sierżancie Miller

Za to, że wróciłeś.

Te słowa i melodia wciąż krążyły w jego głowie. Przez dni, tygodnie, miesiące, lata.

EPILOG

MILLER PRZESZEDŁ NA EMERYTURĘ z ostatnią prośbą w trakcie służby. Zapukał do drzwi Judy Smith.

"Przyszedłem zobaczyć się z Geraldem", powiedział.

Wszedł za Judy po schodach: "Sierżant Miller przyszedł do ciebie".

Stała w drzwiach, podczas gdy Miller uścisnął dłoń Geralda i wręczył mu pochwałę obywatelską.

"Pomogłeś nam rozwiązać sprawę" - powiedział Miller. "Tak trzymać".

"Mogę dostać zdjęcie waszej dwójki? zapytała Judy.

Miller skinął głową, a on i Gerald rozmawiali, podczas gdy ona zeszła na dół i wróciła z telefonem w dłoni.

"Powiedz ser" - powiedziała.

Po kilku zdjęciach Miller pożegnał się i ruszył w drogę powrotną do domu. Miał nadzieję na spokojną noc ze swoją żoną - nie wiedział, że czekała na niego wielka niespodzianka w postaci przyjęcia z okazji przejścia na emeryturę.

Podziękowania

Drodzy czytelnicy,

Dziękuję za przeczytanie DZIECKA KAŻDEGO, którego pierwszy szkic napisałem w 2013 roku w ramach Narodowego Miesiąca Pisania Powieści.

Pierwszy szkic został ukończony, dokonałem kilku drobnych poprawek, a następnie wysłałem go do kilku czytelników beta, aby zobaczyć, jak można go poprawić - i czy im się spodoba. Czterech z pięciu czytelników (którzy byli innymi autorami) nie polubiło Katie ani Benjamina i chciało, żebym przerobił postacie, aby były bardziej podobne do ich własnych dzieci itp. Zabrałem ich komentarze, by przemyśleć je podczas pracy nad innymi projektami. Czy mieli rację? Moje przeczucie mówiło mi co innego.

Ostatecznie postanowiłem pozostać przy swoim zdaniu. Inni autorzy mogli pisać swoje postacie tak, jak chcieli. Gdybyśmy wszyscy pisali nasze postacie w ten sam sposób, jaki byłby tego sens? To byli moi bohaterowie i wybrali mnie, abym opowiedział ich historie. Musiałem opowiedzieć ich historie w sposób, w jaki chcieli, aby zostały wysłuchane.

Pod tym względem moje postacie i ja byliśmy zsynchronizowani.

To sprawiło, że zacząłem szukać redaktora rozwojowego i znalazłem świetnego, za którego pomoc i zachętę zawsze będę wdzięczny.

Ale DZIECKA KAŻDEGO, nie było jeszcze skończone. Musiało zostać przeczytane przez nowych beta-czytelników i tak też się stało. Tym razem zadałem im pytania, a w szczególności martwiłem się o okruchy chleba. Czy zostawiłem wystarczająco dużo po drodze, aby doprowadzić czytelnika do szokującej konkluzji? Jeden z pięciu czytelników uważał, że zdradziłem zbyt wiele i poprosił mnie o zmniejszenie liczby okruchów chleba. Być może zainteresuje cię fakt, że początkowo zgadywała źle, ale po ponownym przeczytaniu wychwyciła więcej wskazówek, które podałem.

Chciałbym skorzystać z okazji i podziękować moim korektorom, beta czytelnikom i redaktorom za ich zaangażowanie w mój projekt. Wasz wkład był cenny - niezależnie od tego, czy zaakceptowałem wasze sugestie, czy nie. Za pomoc w uczynieniu DZIECKO KAŻDEGO najlepszym, jakie może być. Być może Stephen King mógłby zrobić więcej. Niestety, nie jestem Stephenem Kingiem!

Dziękuję również rodzinie i przyjaciołom, którzy trwali przy mnie w ciemności.

I jak zawsze, miłego czytania!

Cathy

O autorze

Wielokrotnie nagradzana autorka Cathy McGough mieszka i pisze w Ontario w Kanadzie wraz z mężem, synem, dwoma kotami i psem.

Również przez:

FIKCJA
Sekret Ribby'ego
Trzynaście krótkich opowiadań (w tym: PARASOL I WIATR; REWELACJA MARGARET'S; WINO DANDELION (FINALISTA NAGRODY ZA ULUBIONĄ KSIĄŻKĘ CZYTELNIKÓW))
Interviews With Legendary Writers From Beyond (2. MIEJSCE WŚRÓD NAJLEPSZYCH KSIĄŻEK LITERACKICH 2016 METAMORPH PUBLISHING); PLUS SIZE BOGINI
LITERATURA FAKTU
103 pomysły na zbieranie funduszy dla wolontariuszy-rodziców ze
Schools and Teams (3. MIEJSCE WŚRÓD NAJLEPSZYCH KSIĄŻEK 2016 METAMORPH PUBLISHING)
+ Książki dla dzieci i młodzieży